不负情思
不负风

冯小军◎著

应急管理出版社
·北 京·

图书在版编目（CIP）数据

不负情思不负风/冯小军著 . ‐‐北京：应急管理出
版社，2024

ISBN 978‐7‐5237‐0566‐7

Ⅰ.①不… Ⅱ.①冯… Ⅲ.①散文集—中国—当代
Ⅳ.①I267

中国国家版本馆 CIP 数据核字（2024）第 110674 号

不负情思不负风

著　　者	冯小军
责任编辑	陈棣芳
封面设计	宋双成

出版发行　应急管理出版社（北京市朝阳区芍药居 35 号　100029）
电　　话　010‐84657898（总编室）　010‐84657880（读者服务部）
网　　址　www.cciph.com.cn
印　　刷　北京飞达印刷有限责任公司
经　　销　全国新华书店

开　　本　710mm×1000mm$\frac{1}{16}$　印张　12　字数　133 千字
版　　次　2024 年 8 月第 1 版　2024 年 8 月第 1 次印刷
社内编号　20230619　　　　定价　39.80 元

爱上阅读，学会写作

○凌翔

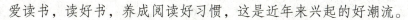

爱读书，读好书，养成阅读好习惯，这是近年来兴起的好潮流。

阅读的好处毋庸置疑，大家越来越认识到，阅读会对读者起到潜移默化的作用，既能开阔读者的眼界，也能陶冶读者的情操，还能引导读者不断提高自己的能力、调节自己的心情，甚至还能帮助读者增强胆识、提升气质。所以，引导广大青少年学会阅读、爱上阅读、阅读好书，已经成为专家学者的一大重要任务。

散文是一种文学体裁。其核心在于抒发作者的真情实感。散文以灵活多变的写作手法，融合了叙述与描写，记叙与议论，形成了一种既自由又包容的文学样式。广义地说，散文是与小说、诗歌、戏剧并列，也是除小说、诗歌、戏剧以外的所有文学作品的统称。但在当代，散文又专指那些形散而神不散、意境深远、语言优美的文章，所以，当代散文有了一个形象的称呼——美文。

散文的写作门槛不高，可以说，只要会写学生作文的人，都能够写出散文。所以，在我国，每天都会有数不清的散文作品诞生。不过，尽管散文作品浩如烟海，但真正写得精彩、足以传世的散文并不多。可以说，我们所见的大部分散文都是平庸的作品。所以为了能够在海量散文作品中发现好作品，有关单位开展了多种多样的散文评选活动，其中名气较大的有冰心散文奖、三毛散文奖、丰子恺散文奖等。当下最为权威的散文奖项当属冰心散文奖，该奖项在著名作家冰心女士生前捐赠的稿费基础上设立，由中国散文学会组织，每两年评选一次。冰心散文奖旨在评选出思想敏锐、能够深刻反映现实生活的优秀散文作品，被誉为中国散文界最为重要和专业的奖项。正因如此，每届冰心散文奖获奖作品都极受欢迎，既成为了散文作者争相学习的范本，也成为很多老师推荐阅读的精品。为了给广大读者提供一个全面而精致的散文阅读范本，我们从已成功举办的九届冰心散文奖的获奖作品中，精选出了数十位获奖作家，请他们从自己所有的作品中挑选出文字精美、意境深远，适合中学生阅读、学习的作品，再由我们结集推出，以此为广大中学生的散文阅读和写作提供帮助。

大家知道，与小说不同，散文注重写实。散文作家在写作时，就像照相机一样，用他们的笔墨触及身边的人、事和风景。即使是历史散文，作者笔墨描绘的大多也是真实的人和物，所以，真实是一篇好散文的首要标准。其次，好的散文在"形"散的基础上，做到了"神"的聚焦，这种"神"的聚焦是思想的聚焦、灵魂的聚焦。正所谓"说东话西，全都是为了一个中心"。此外，散文还注重抒情，注重遣词造句的美与高雅，注重每个篇章和段落之间层次的递进、并列和回望，所以，散文又是不拘一格的。因此，阅读、欣赏散文作品时，要能够读出新词妙意，读出谋篇布局，读出作者的所思所想，读出作者字里行间散发出来的对生活的热爱和对美好人生的向往，以及对万事万物的兴趣和景仰。

我们千万别指望别人为我们提炼出一、二、三、四的写作要点；即使有人为我们总结出了什么写作诀窍，也千万不要相信——因为写作从来没有捷径，要想写出好文章，必须进行大量、深入的阅读。因此我们要做的，是阅读最好的作品，阅读的同时不断分析作品，把作品拆开来思考，只有读出了每篇作品的结构组成，读出了人物刻画的方法，读出了语言运用的技巧，才能把优秀作品的营养吸收进去，从而在写作中灵活运用。

写作的门槛确实很低，但写作的台阶却又多又高，我们每走上一级台阶，都需要付出很多的汗水。让我们一起多读好文章吧，为自己的写作积累"砖瓦"，力求在阅读中领会散文写作"对事物的观察十分细致，对人物的刻画九分入骨，对心灵的把握八分精准"的"秘诀"。

目录

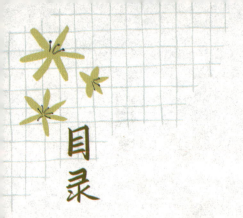

目录

目录

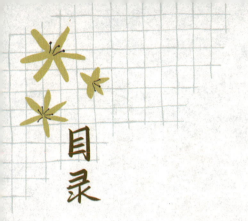

目录

第一辑

林间笔记

北戴河的林海

我敢肯定，只要提起北戴河，谁都会首先想到海。那里有金色的海滩、碧蓝的海水、清凉的海风、诱人的海鲜，还有"秦皇岛外打鱼船，一片汪洋都不见"的绝美图画……总之，北戴河是因大海而享有盛誉的。或许这就是每年总有几百万人到这里来观光旅游的原因吧！人们奔着大海而来，理由是不消说的。但是，在多少次的游历之后我发现，北戴河除了通常人们认可的那片大海以外，还有另一片"大海"，她同样魅力无穷，让人流连忘返。

我说的这片海，是北戴河的林海！

联峰山是北戴河最大的森林公园，堪称这片林海里一个重要的"海湾"。据说，联峰山公园创建于 1919 年，至今已有百余年的历史了。这里的山麓有观音寺、钟亭等各种人文景观，近年来公园内又发现了秦汉建筑遗址，因此这里很有一些文化底蕴。当然，这儿最突出的还是它的自然景观，针叶的松、柏，阔叶的杨、榆、椿、槐，一年四季变换着不同的色调，或郁郁葱葱，或流光溢彩。联峰山的名字缘于三座被树林覆盖的山峰，它们山头相连，起伏如涛，宛若定格的波浪。山上林木莽莽苍苍，风吹起浪，与汹涌的海浪呼应成趣，是一片绝美壮阔的林海！

说来，北戴河并不是每个季节都适合下海游泳，可是这儿的林海却一年四季适合你。联峰山也好，小东山也好，只要你来，她就会热情地将你拥入怀抱。我是一个不怎么爱凑热闹的人，所以来北戴河并不一定选择夏天。春、秋、冬三个季节我偶尔也来北戴河，看海，也看山；看野生动物，也看林木和花草。即便是暑期到了北戴河，如果看到浴场里人满为患，我便会悄悄离开,到联峰山寻一处清爽之地流连半日。联峰山宁静的地方很多,找一块山石,觅一片树荫,或坐或行,听听松涛,欣赏枝头上一穗一穗毛茸茸的松花,伸手触摸枝丫间那些或青溜溜或黄灿灿的松塔,都是很惬意的事情。要是能够在树干上面寻觅到琥珀一般的松脂球,以备日后拉二胡时候养护弦子,便更为心甜。联峰山虽然不高,却建有望海亭,登亭远眺,眼睛看着远处苍茫的云海,耳朵听的是身旁的松涛。五官中两个重要的器官一个被远方的云海吸引,一个因近旁的松涛陶醉,神智会产生一种叠加的享受,有一种被自然俘获,或一时成为这一处小天地主人的感觉!大凡在这样的情形下,我的心里就会为那些远的和近的、虚的和实的、自身的与旁人的等等事物所纠结,引发无限的慨叹。站在联峰山的峰顶,口中默念"极目楚天舒""萧瑟秋风今又是",心上幻想着"东临碣石,以观沧海",在浅吟低唱中或是还原或是再造,总有一种饱涨的人生况味满溢心间。人类是从森林里走出来的,天生就有亲近自然的冲动,这种特性于我更加强烈。我在联峰山的山林里一次又一次地幻化古今,探问人事,感受总有不同,程度自有高下。"幸甚至哉,歌以咏志",不正是我当下的心声吗?

北戴河的人造景观我见过不少。运用声光电造就的也好,水泥沙石堆砌的也罢,看了都是即兴的愉悦,不怎么能够持久。独有那些无处不在的绿能够让我沉静下来,而且还能够生出油然的甜美。在北戴河,如果把这里的山地、街道看作绿色的海洋,那么我愿意把集发植物园比作一掬浪花。你想想,北戴河那么大,有著名的鸽子窝、小东山、老虎石,景致都是一流的,也都有各色的花草树木,但在集中和精致方面却没有哪个地方能够比得上它——集发植物园!集发植物园里汇集的竹木花卉焕发出来的是异国的情调,代表了北戴河绿色海洋的另一种风情。走进这里,我仿佛一头扑进了热带雨林,满眼都是南国的风光。绿得生动,富有层次:深的、浅的、翡翠绿、祖母绿,参差有别,难以尽陈,多么高明的手笔都难以描摹!在这里参观时,我粗略

地记了一下植物的名字，有"酒瓶椰子""假槟榔""星光垂榕""三角梅"……它们或原产于南美，或原产于非洲，都是一些洋玩意儿，据说竟有上千种。集发植物园里的绿色折射出的是北戴河人招商引"绿"的气度，同时也告诉世人绿色有非凡的延伸能力。

不光这类重点区域绿色"磅礴"，树影婆娑，北戴河的街道、疗养院和别墅区也到处树木丛生，百草丰茂。这里最多的是乡土树种，从外地引种并成功安家落户的也不少。杨柳、银杏、国槐、油松、侧柏、柽柳、五角枫、栾树、合欢、玉兰等等，各种树木几乎覆盖了整个北戴河。至于有多少个树种，是很难说清的。徜徉在北戴河林海，森林浴就开始了：浓浓的树荫，多彩的花色，腐殖质迷人的味道……森林浴给予我们的享乐远远优于海浴，是另一种别样的体验。据说，北戴河空气中的负离子比一般的北方城市要高十倍以上。这种能够令人身心舒畅、没准儿哪一天会被人类追捧的最昂贵的物质，便为森林所独有！我想，所谓疗养胜地不应该单单是一个可以洗海澡的地方，应该具备多重的内涵和功能！这方面，应该说北戴河是够格的。

据说，为了掌握林木的基本情况，对游人普及林木知识，北戴河的园林部门为行道树和别墅里的古树都建立了档案，挂牌子给予编号，标明树种、科属等，可见这里人们对树木的重视程度。假如有人报告哪个地方折断了一棵树，园林部门打开电脑翻一下档案就会知道这棵树的基本情况，之后便能迅速采取补救措施。在北戴河的街道上行走，我还看到过给杨树打吊针的事，当时深为诧异，经询问朋友才知道，那是园林工人为了抑制雌株杨树飞絮导致行人过敏采取的措施。其实，北戴河地处沿海，立地条件并不好，土壤多盐碱，海风中含有浓度很大的盐分，扑打在树冠上会对树木造成伤害。在北戴河种树不易，培植它们成活更不易。因此，在北戴河几乎没有砍树这回事。如果说大小兴安岭或者旁的林区人们培植树木是为了砍伐用材的话，那么北戴河的树木只有一个用途，那就是营造绿色，美化环境。我常常想，北戴河的树木应当更受人待见，称得上是树木世界里的娇儿。

自然，北戴河的林海里不光是树木，还有五颜六色的花草；不单有高大的乔木，还有低矮的灌木；不光绿色汪洋恣肆，各种树木还会随着季节变换色彩；它们不光平面地铺陈，更多的是垂直绿化。因此，这个绿色海洋是绿意盎然的、永葆生机的！

啊！北戴河的确是一个海洋的世界：白云丽日下面，大海波光粼粼，美丽动人；阳光映照之下，抖动着的叶片斑驳闪亮，明晃耀眼。山雨缥缈的日子，大海汹涌澎湃，林海绿浪翻滚。或曰：无论晦明，北戴河的两个海洋都孪生共长，魅力无穷！

朋友！请到北戴河的大海里冲浪吧，那儿会给你拼搏的激情；请到北戴河的林海里流连吧，那儿能让你在静谧的环境中沉思！

澳大利亚的桉树

从澳大利亚回来已经几个月了，可那些绵延不断的桉树林的身影还常常摇曳在我的脑海里。

桉树，那种在澳大利亚随处可见的极为普通的一种树，那种初看上去有些"打蔫儿"的树，或者像一些人说的那种"无精打采"的树，为什么我会难忘？难道仅仅因为它们在澳大利亚的种植面积最大？品种最多？或者因为它们有澳大利亚"国树"的名头？是的，有这些原因，但又不仅仅是这些原因。

在澳大利亚旅行的时候我去过不少的植物园和自然保护区，见过不少品种的桉树。在墨尔本丹顿农山脉，仰望着高耸云天的桉树，我啧啧喝彩；在悉尼郊外长满桉树的蓝山山头，瞭望蓝雾氤氲的天空，我啧啧称奇；在黄金海岸"国王与渔夫"馆舍外的池塘边，观赏鹦鹉采食花蜜时，我屏声静气；在首都堪培拉近郊的疏林地里，蹑手蹑脚地拍摄袋鼠时，我的心怦怦直跳。啊！我在澳大利亚旅行时的好多故事，均与桉树有关！

澳大利亚国土广袤，幅员辽阔。但在这样一个泱泱大岛上面，中部地区却全是沙漠。浩瀚的沙漠，人迹罕至的沙漠。那天，我们在墨尔本理工大学接受培训，戴着深度近视镜的老教授告诉我们，澳大利亚的森林资源主要集中在沿海地区。大陆边缘环绕着一圈数千公里的绿色林带，这就是澳大利亚丛林。这个"线条儿"环绕的"绿圈儿"尽管有浓有淡，却是整个大陆的生命线。生命线上树木最多，树木里头桉树最多。因此，有人说"没有桉树就没有澳大利亚"。感觉离谱儿吗？不！澳大利亚的森林十之八九是桉树，五百多种啊，并不夸张。

澳大利亚地广人稀，连人口最为密集的东海岸也有好多牧场。我从那些牧场经过，发现它们都是以树木划界。成排的桉树，网格状的桉树。在整个澳洲大陆，自然保护区和皇家园林不消说，就是村镇和城市的街区里桉树也随处可见。桉树多，多得难以计数。

虽然，我在澳大利亚见过好多专为生产纸浆材而种的速生桉树，它们因密植而长得挺拔而整齐；虽然，我觉得说桉树"无精打采"有些偏颇；虽然，我在堪培拉国会大厦里参观时曾被那幅以桉树为题材的油画深深吸引……但是平心而论，我依然感觉桉树算不得漂亮和美丽。它们与旁的树木比较，就是一种普通的树。但就是这种普通的树却可爱、可敬，我很愿意亲近它们。

相比之下，有些树我就不能认定普通，也不会感觉亲近。譬如北美冷杉就伟岸高大，往往生长在"高处不胜寒"的地方，而且总是一树独大，因此我不能说它们普通。西伯利亚白桦美丽高洁，宛如"天仙"，可它们只适应一定的海拔，低了便不能成活，我也不能说它们普通。黄山松俊俏高蹈，美丽飘逸，可它们也总是高高在上，让人不易亲近，我还是不能说它们普通。而澳大利亚的桉树呢，可以长在高山，可以长在沿海；可以长在丘陵，可以长在泥淖；酷热的地方长得好，寒冷的地方也长得好。可以说栽哪儿哪儿活，植哪儿哪儿长，适应力超乎寻常。比之于人，桉树该是随和、不挑剔、容易相处的人。所以我在由衷地感叹澳大利亚桉树活得不易的同时，也认定它们是一种很普通的树，是一种人们愿意亲近的树。

澳大利亚自然条件恶劣。为了适应环境，桉树巧妙地进化了自己的枝叶结构。全不像其他树木那样趾高气扬地叶面朝天抢夺阳光，而是适应那里炎热的气候，几乎是"低调儿"地放下身段，调整身姿，低垂着的叶片挂在枝头，好与阳光投射的方向保持平行。这种有节制地吸纳阳光，还可以减少水分蒸发的表现真是一种高超的生存技巧。初次见到桉树时，我以为它们的叶子很不起眼儿，灰不溜秋，缺少生机。但等知道了它们这是遵循适者生存规律进化的结果时，我惭愧了，"各美其美"，自是正理。

虽然我知道地球上的各种植物在进化中都在不断地完善自己，但是我觉得桉树比其他的树木进化得更精致、更完美，所以它们更好地适应了环境，壮大了自己的种群数量。据说从 19 世纪开始，桉树的种子就在地中海沿岸生根了。之后它们迅速向亚洲、非洲和美洲发展，现在已经分布到世界各地了。前几年我在广西的深山里观看速生桉树的长势，树干笔直得如同水泥浇筑出的电线杆子。当地人告诉我，那些桉树优秀的基因就来自澳大利亚。

为了应对频发的森林火灾，长期进化后的桉树"树心"都深深地藏在树干的最深处，种子也包在厚厚的外壳里。遇到山火燃烧，即使树干烧焦了，只要不伤及输送营养的"树心"，雨季一到它们又会生机勃勃。更为奇特的是桉树种子竟然不怕烧，而且能够借助大火把厚厚的外壳儿烤裂。山火熊熊，即使一片桉树全都烧死了，它们也会"含笑九泉"！因为这烧毁它们的灾星，同时也是把它们的后代带到这个世界上来的救星。大火烧掉外边厚厚的外壳后，种子正好可以跳到地上去生根发芽。一粒种子长出一棵小树，一棵小树长成一棵大树，大树、小树组合在一起就是一片森林。怪不得有人把桉树称为"凤凰树"呢——桉树涅槃，浴火重生。

桉树浑身是宝，木质坚韧，用途很广。花朵是最好的蜜源，叶子可制药、产香。当然，这些都是我们惯常消费的物质，而像国会大厦里悬挂着的大型油画那样的精神成果，其实是一点也不逊色于物质成果的！堪培拉城的设计师格里芬说桉树是"诗人之树"。为什么呢？思索之后我明白了，一种生在哪里哪儿是风景，长在哪里哪儿就成为人类和动物温暖家园的树，难道还不够诗意吗？

是的，澳大利亚的桉树的确是一种普通的树，它们顽强是为了生存，进化也是为了生存。此外它们并没有别的特殊品性。它们在山野里默默无语，只用自己进化和成长的故事自然地传递给了我们各种有益的信息，叫人思索和思念。这就是我倾情赞美桉树的理由，也是我不断想起它们的原因。

想到桉树，自然也就记住了澳大利亚的好些东西。

高擎生命

从我认识苍岩檀的那一刻起，我的心就再也放不下它们了。

苍岩檀，学名叫青檀。当地人以地名为之冠名，这在别的树木中是不多见的，由此可见人们对它们的厚爱。我虽初识苍岩檀，却最为心动，原因是它们的树根很有特色。它们不像其他的树根那样全部埋在地下，而是大部分裸露在地面上，龙蟠虬结，蜿蜒曲折。有的抱着石头，有的钻进石缝儿，千奇百怪，栩栩如生。

走在郁郁葱葱的苍岩檀下，我一下子就被那别致的树根吸引了。它们的树干与树根的分界点不在地面，而是在高出地面一大截儿的地方。或者说，是它们树根的一部分长成树干了。仔细看那些苍岩檀，我感觉它们不是在一般地生长，倒像是原本倒在地上的，现在竟要"挣扎"着站起来一样。看它们的树干和树冠，极像是被那些树根举起来似的，给人以顽强拼搏的印象。它们好像不是树，而是一群人站在那里，一个个匍匐着，表现出要努力站起来的样子。

苍岩檀树根的生长不仅仅朝下，而且也努力向上。它们努力地用自己的躯体高擎着一蓬一蓬葱茏的绿！

太行山是英雄的山，也是贫瘠的山。水土流失把山里的泥土掏空了，导致树木生长缺乏足够的营养。这时候，苍岩檀的根便依托着大地，如龙似蛇地向远处"爬"去。它们寻着厚土，觅着水源，整个树干下的树根由粗到细，向外铺陈，组成的是一个盘根错节的树根的世界。抬头看树冠，低头瞧树根，我不由得想到了人们锻炼臂力的哑铃。那"哑铃"的一头儿是树冠，一头儿是树根。

苍岩檀的树根啊！有谁能够比你更能淋漓尽致地诠释这生的欲望和长的信念呢？

过去，在别的地方我也看见过裸露出地面的树根，但那只是个别现象。可是苍岩山里的檀树就不同了。裸露着树根的青檀不是一株两株，而是绝大多数。它们裸露、匍匐、坚挺，传达给人的是力的宣泄和顽强的奋斗精神！

陪我一同进山的井陉县林业派出所的老张说，苍岩山位于太行山北段阳坡，土层很薄，树根难以长深。为了获取营养，根子就只好在地表上爬着长，须根向四外不断伸展，主根越长越粗，到后来就直立起来了。

苍岩檀活得多么不容易啊！土壤缺乏营养，雨水少得可怜，基础又是乱石，在这样的外部环境下，它们却承当了生长并进而给人绿荫的使命。

在树木的家族中，苍岩檀因为立地条件差是称得上弱势群体的。但是，它们却不畏土地的干旱和瘠薄，顽强地适应客观条件，高擎生命，释放能量，以不屈的毅力展示着勃勃生机！这样看来，它们又是树木大家族中的强者！

苍岩山里那满山的青檀啊，默默无闻却又刚毅顽强。面对现实它们没有埋怨，有的只是适应和抗争。它们所展示的，是身处逆境而又顽强抗争那样一种人的性格，这或许就是那一山的苍岩檀打动我的真正原因吧！

常绿树 落叶树

"一年一度秋风劲，不似春光。胜似春光，寥廓江天万里霜。"霜降节气一过，北方山野里的树叶就开始"变脸"了。无论是桦树、枫树等景观树，还是柿子、山梨等果树，经过霜雾持续的浸染，便开始变换出五颜六色的色彩来。

就拿眼前这株高大的白杨来说吧，那些长柄的叶片在微风中抖动的模样多俏丽！它们就像儿童的小手儿一样互相拍打着，哗啦啦、哗啦啦，响出了生命的动感。杨树叶子就在这样迷人的乐音之中褪色了。褪成什么颜色？昨天还是浅黄，今晨成了明黄，落日余晖之中没准儿变成赭黄或是橙黄。每逢深秋，山野里的色彩变化就是这般迅速。风也潇潇、叶也潇潇，一场秋雨一场寒。待到满山的叶子铺满山乡的沟谷旮旯，树木棵棵瘦身，它们就会历练成一个个抗风斗雪的勇士。

我长久地仰望着山冈上那株山梨树发呆，惊异它的叶子怎么就那般艳丽呢？在我看来，山梨树叶子绚丽多彩的颜色，再高级的丹青妙手也难以描绘，再高明的辞家也难以形容。每一片叶子都透着阳光的红晕，保持着绿的底版，夹杂着黄的元素，渗透着紫的光亮，上上下下似乎全都泛着明丽的橙色。它从"千树万树梨花开"的早春走来，从"满树琼瑶挂碧空"的盛夏走来，从没懈怠，从未停歇，如今到了暮年竟愈发地焕发了精神。

在北方，深秋里的山林是色彩的巅峰，比春丰富，比夏绚烂，比冬热烈。落叶松、栌、枫、桦，还有山丁子、柿树、黑枣儿等树木，每一种都有自己独特的颜色，色彩斑斓，绚丽多姿，随便地剪下一枝一叶，都是一幅迷人的油画。

与这些美丽的落叶树相比，霜降后那些常绿树同样也会得到寒流的音信，可是它们却坦荡从容，静如处子。油松、红松等松的家族成员历来是"大雪压青松，青松挺且直"的，决不会因为霜雾的侵扰就轻易变色。而扁柏、龙柏等柏树也早已是经过风雨见过世面的，更能沉得住气。春夏秋冬，每个季节更替的时候，柏树只需把自己那鸭蹼状的嫩叶转换一下方向，就可以采集到满足生长的阳光。这种追逐光能的基因营造出了它们既努力生长又能凝聚力量的生命体征——一种在生长中向上旋转，通过扭拧躯干达到向上延伸的姿态。我不止一次在黄帝陵里徘徊，多少次拍打着那些轩辕古柏苦苦思索，在句句叩问之后，我终于解开了古柏的躯干为什么类似麻花那样拧着生长的秘密：柏树树梢儿围绕太阳转，树干跟着树梢儿转，于是整个身体便形成了用一股子抱团的劲头儿追逐阳光，进而提升生命质量的本领。而那些承担光合作用的叶子，一旦完成使命便义无反顾地飘落。

多少次在山林间行走，无意间竟养成了我辨赏花草树木的喜好。无论南方北方，无论乔木灌木，我总是执着地追寻着那些常绿树与落叶树的优劣，在获得新知的同时，又总是莫名地进行一番比较。想得多了，竟慢慢地悟出了其中的道理来。无疑，常绿树是永葆生机的树，只要不倒，甚至是倒而不死，它们都会以绿擎天。然而，一种事物的特性一旦为人喜爱又很容易被夸大甚至产生误解。一些人看到常绿树四季常青便以为它们是一种永不落叶的树，以为它们的叶子是只生不死的。其实真实的情况哪里是这样呢！常绿树不仅落叶，而且还持续地落、不停地落。只是它们不像落叶树那样哗哗啦啦地落、干净利落地落罢了。常绿树之所以常绿，完全是因为其生命机理新陈代谢的需要，它们通过"接力"方式，有的落，有的生，在不知不觉间完成生命的延续。这种悄无声息、静水微澜的情形使得一些人产生了它们不落叶儿的错觉，这其实是一种误解。如果仔细研究一番我们就会发现，其树干与叶子之间的关系犹如"铁打的衙门流水的官儿"一般，竟是没有一刻不进行着"吐故纳新"的哟！

而落叶树呢？面对突变的气候，它们走的是另外一条路径。它们根据自己机体组织的需要，采取休眠的方式调整生命代谢。当严寒来临时，它们便"收缩阵线"，采取一下子"中断"的方式，脱去叶子，牺牲局部，以达到积蓄能量、抵御寒冬和来年生长的目的。它们的举动无疑也是一种生存的技巧。俗话说，"千年柏、万年松，不如老槐歇一工"。老槐的这一"工"就是休眠，它们毫不吝惜地丢掉叶子，进而实现一次又一次的生命更新。至于那些叶片，它们纷纷落到地面全然是为了保护树根，一旦化作肥料，更是使整个生命更加强壮的一种资源。

我欣赏常绿树四季常青的品行，也喜爱落叶树那种遭遇严寒后变换姿容的风格，它们的生存方式均属天性，哪一种都应该被尊重。虽是这么说，但就内心喜好来说，我还是更倾情于常绿树。这是因为，比较而言常绿树更强大，在应对气候突变的时候其生命机制有更大的弹性和适应性。这或许也是好些人倾情歌赞它们"永葆青春"的理由吧！

寒谷温泉

双脚刚踏进剪子岭下的山沟，京城那种酷暑的感觉就消失了。翁郁的林间小鸟婉转啼鸣，细听还有淙淙水声。山谷深处巨松林立，古庙隐于其中。与温泉配套的亭台楼阁等各种景观沐浴着阳光，山色青葱一片。

寒谷温泉，当地人直呼温泉，史称"关外第一泉"。它隐藏在剪子岭下的幽谷里，素有"取暖不用煤，纳凉不摇扇"的美誉。这里山岚清亮，又有温泉，因此很早就成了居庸关外一处避暑胜地。传说古时天上曾有十二个太阳，天下人饱受酷热之苦。一个叫二郎的小伙子力大无穷，担当起驱逐太阳的重任。他担起十二座大山追赶太阳，追上一个就用大山压住一个。当他用大山压住第十一个太阳的时候竟因劳累过度倒下了。那些被二郎用大山压住的太阳中，有一个就压在了剪子岭下，这个滚热的火球在地底持续发热，竟成就了这儿的温泉。传说归传说，真实的情况是燕山造山运动时地壳发生巨变，岩层断裂，缝隙错位，深层水受高温高压作用后涌出地表形成了温泉。

这里的温泉与皇家扯上关系是康熙十一年。那一年正月，康熙皇帝陪伴他的祖母来这里洗浴。闲暇之余康熙皇帝曾赋诗记录了当时的感受，留下了"鸾旗凤节纷相迎""绛霄帐殿开蓬瀛"等诗句。康熙皇帝还在他的《温泉行》中描述这里"温泉泉水沸且清，仙源遥自丹砂生"的情形，可见温热的山泉从石罅里溢流而出的模样是多么的让人欣喜。其实，早在汉代这里就有了人类开发利用的足迹，至今已有两千余年了。隋唐时期佛教、道教盛行，这样的好地方便被开辟成了道场。元代以前屡遭兵燹战乱，温泉虽存但设施被毁，这里曾经一度萧条。明时，社会稳定以后曾经两次重修，建设庙宇并命名为"瑞云禅寺"。到了清代因为有皇家驻跸，庙宇又曾扩建。现在，徜徉于今人重新规划布局的建筑中间，辨读着被寒风冷雨磨砺得有些模糊的石刻，感受着历史的风云变幻，我总有一番沧桑感涌上心头。"洗心"据说是康熙皇帝所书，后被人镌刻出来了；"洗耻"则是抗日名将吉鸿昌于日寇蹂躏我大好河山时，愤然在这里留下的墨宝。它们连同那众多的碑刻都是古人留下的洗心浴德的警语。一泓暖泉和沐浴在泉水中的心情，在一些文人雅士的笔下竟被提升到了道德修养的层面。

总泉又名"滚池"，是这里最大的热水泉眼。它每时每刻泉水涌动，热气蒸腾，日出水量743立方米，水温68℃。水中含有钠、钾、钙、镁、铁、锂、碳酸氢根、硫酸根、氯离子等三十多种微量元素。经过处理的温泉水流清澈，可饮可濯，洁身润肤，养体又能悦心。因为温泉中含有微量元素，其水质酷似添加了药物一般，长期沐浴可疗顽疾、除沉疴，对风湿等疾病有独特疗效。四时宜沐，阳春为佳。待到风和日丽，桃花盛开之时，万物复苏，阳气上升，八方宾客纷至沓来，故民间还有"三月三，洗桃花水"之说。

改革开放后，随着人们生活水平的不断提高，来这里度假的人越来越多。如今，一条公路贯穿整个寒谷，两侧的山坡上旅店、宾馆、度假村星罗棋布。如果把进山公路比作一段树干的话，那么通往各处的建筑就如同枝条上结着的果实一样繁多。温热的泉水犹如一条血脉连接到各个宾馆的所有房间，人们足不出屋就能够享受到大自然赐予的独特泉水。尤其值得称道的是，当地政府立足温泉资源将这里打造成了一处综合景区，孝庄文太后洗浴处、水母庙、泰山奶奶庙、由成百上千种写法组成的"寿"字巨壁，还有与温泉近在咫尺的冷泉等，都被规划成了一处处令人流连忘返的景观。人们洗过温泉浴之后再逛逛景区，还能接受一次关于水文化、水与卫生、卫生与健康长寿等方面的教育和熏陶。

剪子岭上长满了油松、落叶松、白桦、白榆、山楸等各种高大乔木，山杏、荆棵、胡枝子、绣线菊等灌木更是覆盖了整个山坡。为了给来温泉度假的人开辟另一个休闲去处，当地林业部门利用现有资源在景区修建了一条森林栈道。这条栈道上建有木屋、门楼，还在适当的位置配备了木制的桌椅板凳。逶迤林间，突然凹进山腹，忽又凸现坡岭，忽高忽低，忽明忽暗。夏秋时节走进去，阳光从高大的林木中筛泻而下，道道金辉洒满林地。茂林青翠，虫鸣吱吱，鸟声婉转，鼻子闻着森林氧吧的清甜，五体安享清凉空气，享受到的是温泉水浴之外的另一种森林浴。如若来人喜欢自然，愿意了解林木花草，抑或喜欢收集林果种子，或者干脆愿意在林间引吭高歌，那么洗涤身心的爽劲儿竟能与温泉水浴相媲美。至于冬春时节来到林区，观皑皑白雪，听阵阵松涛，那种享受当又是一种风格了。

温泉景区是开放的，甚至没有山门，只是在我们感觉像大门的地方象征性地矗立了两块山石。不过，这样看似简单的做法，却是景区管理者颇费了一番心思的。这两块巨大的山石各有名分，左侧一块名"山情"，旁侧刻了"子曰'仁者乐山，取其静寿之意也'"一行文字；右侧一块名"水韵"，旁侧也刻了"子曰'智者乐水，取其动乐之意也'"的注解。两句辞简理博的话，诠释的是这里的人们乐山乐水的朴素思想。

荷与邻

　　我到过不少荷园，近的如白洋淀的荷花大观园，远的如苏州的拙政园等，规模虽然不一，模式却雷同，因此很少能够打动我。六七月里的荷塘，看上去虽然像一匹锦缎，但仔细打量后便顿感乏味。单一的荷十分张扬，没有一点儿伴生植物，又几乎不见水生动物的活跃，所以感觉特别单调。最要命的是它们往往以建筑物为点缀，简直就是对这清爽世界的亵渎。

　　在这些地方行走的时候，我常常想起自己曾经到过的一个地方：在一片湿地上面长着低矮的野草，中间开着细碎的野花，坡渚上面多有芦苇和一些高低参差的蒲草，水中生长着一片荷花，与之伴生的是一些勾连纠缠着的菱角与浮萍。目力所及全无宣传招牌和电线杆子等烫眼的物件。这一类的池塘没有刻意经营，反倒让我领略了原生态的荷塘韵致，感觉顺眼又遂心。

　　其实，这样生物多样的荷园并无须经营。荷生长在湿地或是水塘里，本来就是与这些植物为邻的，只是人的审美趣味发生变异之后刻意地清除了近邻植物，荷花便"一枝独秀"了。此种做法原本或许是想抬高荷花的地位，以为铲除与荷花争养料的"杂物"才是正理。于是人们总是剥夺伴生植物的生存权利，使得"主角"荷花肆意生长，却造成了缺乏自然灵性的单调局面。单一植荷虽然也分品种，像白洋淀"荷花精品园"那样从几百个品种中挑拣出几十个精品来，在水泥建造的花坛里重点培植，全不容哪怕一株野草的存在，结果长出来的荷花虽然高大茂盛，百花争妍，但荷花毕竟还是荷花，一百种荷花也就是一百种荷花而已，与那种有杂花并存、百花齐放的场面存在着本质的区别。荷花毕竟是以观赏为主且生长在野外的花卉，如此栽荷单栽荷、种莲只种莲的做法，抛弃了芦苇、蒲草、菱角与浮萍等一些较为"低级"的植物，甚至不惜铲除与砍斫，人工营造出来的荷塘便失去了自然生态的模样了。

也有不同的情形。张志春先生在《泽畔白莲洁如玉》中描述过他家乡种植白莲专门是为了产藕。它们"不是栽种在固定池塘里，而是种在地里，也可叫水田里，一亩白莲，秋后可收三千至五千斤上等好藕"。这样专为产藕的作业自然可以不要杂草，而且可以堂而皇之地以斩尽杀绝为快事。这样功利的行为虽有负"出淤泥而不染，濯清涟而不妖"的清名，但它们毕竟担负了生产的使命，大可认定它们是荷的另一个分支，而不去计较了。

荷之邻其实不仅有植物，还有和它们生活在一起的动物。虽然多数我叫不出名字，但是却知道它们与荷花一样，也是这世界的主人。儿时，我的家乡有很多湿地，自然也有荷花淀。那时候我经常跟着姥姥走亲戚，每次都要经过那里。那些一望无际的湿地中茂密地生长着蒲草、苇子、荷花等，荷虽不甚茂盛，但比较而言，种群还是最大的。从这片池塘经过，真正让我感兴趣的其实不是荷花，而是那些活蹦乱跳的小动物们，如蟋蟀、蚂蚱、小鱼、小虾……荷叶总是有用途的，我玩耍中偶尔捉到小动物的时候便喊姥姥，姥姥就紧走几步为我摘一片荷叶过来，折一个小窝窝儿帮我盛那些"战利品"。那片野味儿十足的荷塘太有趣了，以至于今天我也不能忘记。这或许也是现在我依然喜欢此类富有野趣儿荷塘的原因吧！汉乐府有一首《江南》，咏荷的品位颇高："江南可采莲，莲叶何田田！鱼戏莲叶间。鱼戏莲叶东，鱼戏莲叶西，鱼戏莲叶南，鱼戏莲叶北。"它的妙处是能让人身临其境，读着它我就像看立体电影一般。但是其中也有遗憾：如果水塘里除了游鱼以外还有虾的嬉戏，蛙的鸣叫；水塘周围还长着一些杨柳，树丫之间传来知了的叫声和小鸟的清唱，或许更好！

荷有这些小动物相伴是大自然的基本属性。好多次我行走在荷塘的边沿，猛地一惊时，早有青蛙从脚下跃起，三下两下，咕咚、咕咚地跳进池塘里，这时候我往往觉得这是一个活着的有灵气的池塘。而如果只是一潭死水，就算也有荷叶田田，有美艳的荷花，也会让人感觉无趣儿。

荷最大的邻居是人类，只是"成也萧何，败也萧何"！古往今来，人们种荷、咏荷、用荷，也糟蹋荷。"秋风日暮南湖里，争唱菱歌不肯休""耶溪采莲女，见客棹歌回。笑入荷花去，佯羞不出来"……这些诗句多么生动地咏叹了人与荷之间的亲近与和谐！这类诗词自然是荷文化的一部分，至于莲子与藕的实用更难尽陈。但令人遗憾的是，人从自身利益出发安排荷的种植竟有意无意地破坏了它们的生存环境，使一些好端端的湿地失去了生气。我不是一味地否定开发，只是认为讲究科学才好。退一步说，如果从旅游的角度考虑，在荷塘中铺些简易的甬道，建设三两处凉亭，架设几座小桥也未尝不可，但前提是尊重自然，在兴土动木的时候尽可能地不破坏原有的环境。我曾于一个微雨的日子在白洋淀的一处亭子里赏荷，湿漉漉的天，湿漉漉的地，尤其是那扑鼻的土腥味道，仿若自己的生命接通了地气，心灵格外滋润。那雨点儿滴答、滴答地落在荷叶上发出的声响，与雨打芭蕉有异曲同工之妙。

细数了作为荷之邻的植物、动物包括人，感觉最终的决定因素还是我们自己。人比草木有情，比动物多智。而荷塘欠缺自然灵性这样的事是怪不得荷的，最终的责任还在人类自身！我盼望荷与其他植物群英荟萃，与周边的动物友好相处，我们在荷塘中游历时也能其乐融融。

剪岭树木记

眼前山坡上高大乔木的树枝层级明显。这种层与层的距离人们称为"立体年轮"。我明白，雨水充沛的年份树木长势好，树枝间的层级大；反之干旱少雨的年份树木少有生长，两层树枝间的距离则要小很多。

在山路拐角处我看到一丛生长旺盛的油松，估摸它们的间距从半米到一米不等。我发现这里生长着几棵高大的树木，业界管它们叫"霸王树"。伐木工在砍树作业中会专找这样的树木砍伐，叫"拔大毛"。树木世界和人事好些是相通的，什么"出头的椽子先烂"啊，什么"掐尖"啊，这是一种思维定式，也算得上维持生态平衡的一种做法。但是也有不同，另一种选择或许是根据现有生态系统内大多数树木的生长状况来决定应采取的不同经营措施。留着"霸王树"不砍，把它培养成"目标树"，让与它生长量接近的树木参与竞争，便能使这一片森林更有生机。

树有被压树，枝有被压枝。在一处山坳里我看见几棵相距很近的落叶松，交叉的树枝都自然死亡了，有些虽然活着但是枝条光秃，基本停止了生长。我发现，树木长得越高大稠密，压与被压的现象越明显。我身旁的大树下面生长着五角枫、柞树等，它们明显采光不足，生长孱弱。即使是相近年份长起来的树，因为生长环境的差异、采光强弱等自然条件的不同，其长势也不同。而且弱的会越来越弱，失去了竞争优势，勉强地在那里存在着。

山间有好大一片人工落叶松纯林。营造纯林最大好处是经济划算，但坏处也明显，在遭受病虫害时容易一次毁灭。而混交林因为树种多样，所以能避免一场灾害覆灭"全军"的厄运。但是造林的人往往从省事和经济效益角度做选择，偏爱营造树种单一的树木。纯林整齐划一，用规模显示力量，但是个体成员的生存短板相同，抗击风险的能力很脆弱。

这一面山坡上到处是灌木。胡枝子开放着鲜艳的小碎花，很美。过去没见识过扁榆，这次才认识。枝条有棱角，很肥厚。看着瘠薄的山地我想到了沙漠里骆驼储存养分的驼峰，这种植物与骆驼的生存智慧类似，有用肥厚枝丫储存干旱季节所需养分的能力。

在另一道山沟里看到了山葡萄，攀附着一棵油松，藤蔓昂着头，阳光照在它绛红色的嫩叶上，油亮油亮的，生命的底色真美。葡萄的藤须紧勒树木的枝丫，限制了它给枝叶输送养分的路径，导致它的叶子蔫巴，缺乏生机。攀附并绞杀是藤蔓植物依托他人生存的手段。

高处那棵落叶松长出了很鲜嫩的顶梢儿。生长永远是树木的第一要务。这是一座海拔两千多米的山，树随山长，不同的高度长着种类不同的树。走下山岭，穿过河川里的榆林后，我们再次爬到半山坡桦树林的边缘。眼前明亮的阳光从高大的树冠间筛落下来，映照在大叶儿旱莲和羊胡子草、浅绿的苔藓、低矮的蕨菜棵子上，一片斑驳景象。刚坐下来歇一歇，林虫和山鸟儿就恢复了歌唱，让我一下子感觉到了"鸟鸣山更幽"的意境。在这样的林间小憩，闻着山林里腐殖质的味道，只觉身心俱爽。顶峰是一片高山草甸，这个"高处不胜寒"的地方竟有人栽了好些落叶松。尽管自然条件不算好，可是它们活得还不错，只是山风太大，吹得这些身高不足一米的幼树不断弯腰。它们活得真累，而且注定长不大，除非出现山崩地裂那样的大事变改变它们的立地条件，但是假如出现那样的事变，没准儿它们自身又会被岩浆吞蚀。所以，现世的它们就是时运不济，基本上没啥长成参天大树的指望。要是我来安排，就不会在这里栽植落叶松，宁可让这里长草。其实这样的地方本就是野草的领地，只要人不过分打扰，它们肯定长得很茂盛。

下山经过的山冈上有几棵野山梨树，稠密的梨果蒜瓣子一般，自然个头儿也不大。人把野生的果树驯化后用科学技术管理它们，通过疏花疏果儿使它们按着人的意志生长才能丰收。可是在这样的山野里野生果木没人管，它们遵循自然法则，在没有自然灾害时枝繁叶茂结果也多；如果遭遇暴风冰雹花朵就会凋零，果实也坐不住；遇见病虫害更可能遭受灭顶之灾，这就叫自生自灭。不远的地方还有山核桃，结的果实也特别多，一嘟噜七八个。看来今年这片山地雨量丰沛，到目前为止还没有遭遇什么病虫害。可是谁知道以后会怎样呢？我想，不遇见灾害的话，它们就这样长下去准会把树木累坏的。今年透支，来年的树势必定羸弱。

快出山了，在一处苗圃模样的地方见到了一些杜松树，中间混交了油松。油松都活着，杜松却几乎全死了。走近观察没有发现被压现象，也没有害病。看得出它们刚死不久，能明显看出开春时还放叶儿了。我仰头数起它们的"立体年轮"，估摸树龄起码有十年了。好好的怎么就死了？仔细察看才发现，它们在移栽时肯定被忽略了什么。没准儿是主人后来没有了管好它们的耐心吧？

远处山坡上有几点零星的山丹花，仔细瞅过才发现已经过了花期。花无百日红，人无千日好，哪儿有常胜不败的将军？脚下的山沟土地肥沃，树木茂密。一小片密度大的油松都长成了"瘦高挑儿"，它们结了太多的松塔，现出了倾斜倒伏的模样，树干弯得太厉害了。我想起中山陵里陵道两旁的雪松，因为枝丫繁盛得过于沉重，树枝都用铁架子支撑着，看着让人累心——单靠搀扶着生长，总不是事儿啊！

山风吹来，林涛阵阵，给人一种非常快意的感觉。回到山下放眼整个黑山岭，绿树与蓝天白云构成了一幅美丽的图画。在这幅图画里，主要的植物群落是森林，树种主要是落叶松和桦树。它们虽然是当地的普通树木，却是这片山林的主角。

灵寿木

灵寿木是不是六道木？我一直在苦苦追寻。

最初见识灵寿木是在平山驼梁，让我感觉新奇的是它们的节间都有明显的沟纹，上下之间不贯通，模样有点儿像龙柏那扭拧和旋转的样子，显示着生长的力量。据说在古代，灵寿最有名的特产是灵寿杖，汉朝灵寿立县时县名就由此而来。

史书有关灵寿木的文字不少，记载较早的是《汉书》。其中第八十一卷有一段记载孔光事迹的文字，直接提到了灵寿木："太后诏曰：太师光，圣人之后，先师之子，德行纯淑，道术通明，居四辅职，辅道于帝。……国之将兴，尊师而重傅。其令太师毋朝，十日一赐餐。赐太师灵寿杖……"孔光德高望重，皇帝赏赐给他一根灵寿杖，如同清代朝廷赏给臣僚"黄马褂"一般。

问题是有争议，即使今天也有不同说法。一说灵寿木就是六道木，一说持否定态度，认为灵寿木与六道木无关。

六道木大都长在高大乔木林的林缘，高低不等。多的一丛十几株，少的也就三五株。树干纵向有明显的凹槽，浅灰颜色，突出特点是树节膨大，树叶儿"对生"。它们的花色有白、浅黄、粉红几种，大致看过去有点儿像丁香。山里人告诉我，长一棵鸡蛋般粗细的六道木需要几十年。太行山降水很少，即使下雨，比它们高大的桦树、松树会先行享受，轮到林缘地带的六道木时就少之又少了。生长缓慢的特性成就了它们坚硬的木质。山民们说，用它们打人，折断的胳膊、腿儿再难康复。六道木生长的地方大多是瘠薄的山地，艰难的立地条件下它们只能长成灌木。因为它们先天不具备发展成高大乔木的条件，为了生存便尽可能地萌生多条枝干，而且枝杈短小，叶片稀疏。

看着那些硬骨铮铮的枝干，我感到了它们生存的艰辛。

不过灵寿木也曾有过辉煌。汉代以降延至唐宋，皇家曾经将用这种树木制作的灵寿杖赏赐臣僚，一时引领风尚，拥有一柄灵寿杖成了彼时高贵身份的象征。这事如同一把双刃剑，提高了身价的它们被过度砍伐，遭遇了灭顶之灾。即使现在，这种树木依旧被山民做成游客登山的"伴手礼"出售。本就生长缓慢的六道木一直以来都是稀有树种，即使到了今天，太行山里的六道木也不多见，因为买卖，六道木的数量越来越少，它们的传说也就愈发地扑朔迷离。

唐代大诗人柳宗元有一首《植灵寿木》的诗，记载的是他在被贬之地栽植灵寿木前后的心路历程："白华鉴寒水，怡我适野情。前趋问长老，重复欣嘉名。蹇连易衰朽，方刚谢经营。敢期齿杖赐，聊且移孤茎。丛萼中竞秀，分房外舒英。柔条乍反植，劲节常对生。循玩足忘疲，稍觉步武轻。安能事剪伐，持用资徒行。"柳宗元因政治上遭到迫害被贬永州后一直心情沮丧，更因为环境恶劣患了脚疾，一头白发，脚步蹒跚，他或许是为了寻求解脱而植树解闷吧。但是随着时间的推移，他竟慢慢地喜欢上了永州的山水、人物，身心也逐渐康复了。此时，对朝廷重新起用已经不抱希望的他轻松感叹，脚病和心病一起好了，还要拐杖做什么呢？

说来，一种事物有其他称谓本属平常，譬如中医别称岐黄，银杏别名公孙树等等。与此相同，几千年来官方和文化人话语体系里的灵寿木、灵寿杖，其实就是山里老百姓口语中的六道木。

在经过了漫长的寻访之后，人们已经解开了灵寿木和六道木名称混淆的缠绕与纠结，在一步步深入追寻中掌握了这种树南方北方都有分布的情况。灵寿木最大特点是韧性和硬度的有机统一。如果用力折灵寿木，不到极限则已，一旦突破极限便轰然开裂，断裂处形成的伤口斜茬似刀，锋利如刃。

草木中我最钟情者有三：一是竹，二是黄麦草，再一个就是六道木了。这些分属不同品系的植物有一个共有特点，那就是富有气节。

泉城看柳

　　"四面荷花三面柳，一城山色半城湖。"这因水因荷因柳而闻名的济南老城现在北风长驱直入，冬来的第一场雪覆盖了它。不经意地望过去，道路像冰封的河流似的延伸开去，转弯儿后分叉儿，最后不知道流淌到哪里去了。团团白雪融入有绿底子的草地，上面浮雕似的落满姜黄色的柳叶儿，那斑驳参差的模样令人遐想。甬道上那些台阶现时正是钢琴的键盘，黑白相间的琴键跳动，弹出风声水响。这当口看趵突泉和大明湖都很清瘦，泉城的景色很纯洁。看来看去，一派冬景里生动的只有树。众多的树中，柳是翘楚。阳光斜射，一袭绿衣间杂着浅黄斑点，枝条上缀着雪团，闪烁中让人感到那里有反光的挂件儿，婆娑弄舞，似在风中打秋千。雪后初霁，阳光明媚，雾霾明显淡了，空气清明，水中的倒影更为清晰。泉城的柳树被活水长期滋润，独领泉城一时一地之风骚。

　　冬至到，地气升。站在大明湖畔的垂柳下，吟诵着"山重水复疑无路，柳暗花明又一村"，多少回我揽着婀娜多姿的柳条儿看了又看。那些芽苞秫米粒儿般大小，多少带些绒毛。尽管天寒地冻，北风凛冽，进了冬至节气就有变化。芽苞虽小，细看却似花蕾，有鳞似的小叶片，片与片之间有细小的缝隙。寒冬时节叶片抱得紧，冬至过后便放开了些。叶片微启，能感觉到它们瞬间弹开的模样。干脆说吧，柳树枝条连同那些芽苞现已略略地显出了绿意：一种韵致，一种消息。柳条儿依依、条条垂挂，每个芽苞在活动空间上只是一闪，时间上只是一瞬。众多芽苞的一闪一瞬，数不清的一树枝条，多少棵柳树集合，那连缀在一起的树梢儿便升腾起轻烟浅雾。我认定，那就是人们常说的"柳暗"的模样：有些灰淡，有些朦胧。柳烟起处现出"暗"色，似雾气笼罩。多少回远远地观察，我发现柳烟的"暗"只在孟春前后几天里生发，"暗"得不声不响，却饱含着生机。

我曾多少次品咂"柳暗花明又一村"的滋味，认定"柳暗"就是柳林生烟的模样。但是当我翻阅厚厚的词典字典找寻佐证时，答案却令我失望。那里几乎异口同声地说"柳暗"是指柳荫！于是，我开始质疑，为了弄清真相我一次次走进柳林，那是一年的不同季节，不同季节里的不同地方，竟至隔季又隔年。沐浴阳光，领受雨雪，比对分析，最终我发现柳林中笼罩着的那种富含生机的"暗"色，就华北地区来说冬天没有，秋天没有，夏天没有，只在春天有。春天呢，仲春没有，季春没有，只在孟春有。这种常常让我心动的"柳暗"，眼下正在大明湖畔的柳梢儿上燃烧、弥漫，如地气蒸腾。它的"暗"恰当其时，既不是深夜的那种黑暗，也不是物件失去光芒的那种晦暗，它的"暗"是富有活力的，蠢蠢欲动的，表现出的是生命成长的力量。

自然，"柳暗"的日子是短暂的。待到芽苞裂开口子，柳叶儿伸腰，继而鹅黄、浅绿、深绿起来，季节就进入仲春了。那时候，柳烟成长为柳荫，"柳暗"也就让位给蓬勃的绿色了。

为什么会有"黎明前的黑暗"？为什么年轻母亲临产前有一段时间会暂失靓丽光鲜？这是不是事物巨变之前共有的品性？"柳暗"，或许也能佐证这样的道理！

这以后，"三日不见柳成荫"的三月，"流金铄石"的暑月，"白露为霜"的秋天，柳树会按部就班不紧不慢地生长。给人浓荫，过滤空气，提纯水质，与旁的生物和谐相处。在泉城，真不知道它们演绎过多少动人的故事。

游历济南的老街老巷，低头看水，抬头看柳，总会不自觉地默念刘鹗的"家家泉水，户户垂杨"。泉城柳树多，杨树少，即使有杨树，它们也不像柳树那样枝条垂挂。刘鹗笔下的树明明白白是柳树，可他为什么偏叫垂杨？是因为顺口，还是因为韵脚的需要？因为他的诗，不知道害得多少后人费过思量。当地人辨析这说法，一是古人杨柳通用。另一个则说当年隋炀帝来过济南，发现柳树好看，便赐柳姓杨，让它们享受了一回皇权的恩泽。留下的这则故事，因为张扬皇权常常让人唏嘘。草木之名虽不关乎性命与荣誉，但是胡诌也不是好事。

"隔户杨柳弱袅袅""春风杨柳万千条"。从这些诗句里我们能够看到在一些地方古人杨柳通用的痕迹。为此我还专门询问济南从事林业工作的朋友，他说，在济南柳就是柳，杨就是杨，不含糊。在济南，有泉的地方就有柳，柳与泉随，与人家相伴。而高大葳蕤的杨树却不多见。

在济南泉城我常常看到这样的景象，街旁有一庭院，院旁柳树葳蕤。把半掩着的木门推开一条缝儿往里头瞧瞧，竟看见里头有主人引泉水做的水池，池水里有数尾锦鲤游动着，柳枝上挂着鸟笼，鸟儿唧唧叫着……看得发呆时竟想，闲暇时来这里坐坐，树下摆设桌椅，泡上一壶绿茶，邀来二三知己品茗聊天，做一回有福的济南人，安享半日清闲，一定好！

不过惬意之后仍有烦恼，免不了为刘鹗的垂杨问题纠结，刘鹗为什么要把美丽的柳树说成垂杨？不存在争议的答案现在没有，以后恐怕也难有。思虑多时，竟有了自己的感悟。我认为，植物学上区分杨柳是科学，文学上杨柳混搭属艺术。调理出这样的思路，疑问也多半得到化解。杨柳本是两种树，春天都早于其他树木复苏，都生长差不多的柔荑花序，飘散着一样的"风媒花"，古人、特定地域的济南人喜欢这样称呼应该给予理解。至于隋炀帝赐姓的事，虽然有趣儿，但说无妨，不过也不好太当真，因为故事本身含有皇权至上的糟粕。"普天之下，莫非王土"的时代已经远去，再对皇权津津乐道无疑是倒行逆施。作为普通人，明白科学上杨树是杨、柳树是柳就够了。如果再有兴趣，可以知道它们各自都有五六百个品种，有乔木有灌木，我看也就够了。

济南给外地人的印象第一是泉多，有名的泉达七十二处，无名的不计其数。元人赵孟頫有诗："泺水发源天下无，平地涌出白玉壶……云雾润蒸华不注，波涛声震大明湖……"济南城北是黄河，南边是泰山山脉。南高北低，水脉北行是常识。黄河东西走向，水向东流。在济南的地下，我想该是两股水交汇抵触形成压力的地方，因此泉涌的出现是有道理的。中央电视台预报天气趋势，经常说冷空气南下时遇见暖湿气流，二者相遇形成雨雪。天上有强对流天气，地下有没有强对流水脉？如果有，济南有那么多泉眼出现就是合理的。我多次来济南，关注柳树与我的职业有关，也与我本人的生活经历有关。我的家乡在燕山山脉的一个褶皱里，那里叫柳河圈。打我记事的时候起我就常在柳林里活动。挨饿的年头儿捋柳树芽子吃，日子好过的时候经常去柳林里玩耍，削柳笛、编帽子，及至年长懂得生计的时候秋天里总会砍一捆柳条编篓织筐，还会到灌木丛里挑选顺眼的枝条做锹把。柳树我太熟悉了，参加工作后从事林业工作，大江南北、长城内外地跑，国内国际交流，总会接触柳树。前几年我参与我省从比利时引种的事，跨海越洋地调来三十种欧洲树苗在坝上试种，结果大部分树种中途夭折，只成活了三四种，全是不同的柳树，这件事更加深了我对它们耐活品性的认识。

我在济南看柳时自然会想到旁的地方的柳树，柳树并非济南独有，数量也不是天下第一，品性也不见得出奇。以开封为创作背景的《清明上河图》，里面的树大部分是柳，国内国外以柳命名地名的地方不计其数。泉城的柳树之所以被我关注，并非特别，只是因它们在泉城的诸多景致里是重要的一员。泉城最有名的山是千佛山，湖是大明湖，泉是趵突泉，它们是这个城市的唯一。但是荷与柳却不是，哪儿都有。不过济南得以成为中国最有名的泉城，还真少不了荷与柳这两样。少了，泉城就没了整体的美。同时呢，整体里又有重点。城叫泉城，柳是市树，删繁就简地诠释了趵突泉和垂柳在这里的地位。事物都是互相联系的，相互依存，相互影响，共美当中自有本身的美好。柳树在泉城无处不在，和人朝夕相处，美化人的生活，净化水质，提供清新空气，靠奉献绿荫实现自身的价值，我看也就够了。

在塞罕坝打号

红彤彤的朝霞投射进松树沟那一刻，整个山地都苏醒过来。匍匐在地表的荚果蕨湿漉漉的，有的枝条猛地弹起，我好像听见了它们愉快的低语。不远处有鸟鸣传来，林间更显清寂。这片成熟的落叶松林薄雾氤氲，灌草被阳光切割得一道暗影一道明亮，那模样跟城市街道上的斑马线似的。那当然不是斑马线，那是晨光勾勒出来的图画，是粗细不等的树干在地上留下的投影。

同样让这片静谧的天地醒过来的还有我和长腿泡子营林区施工员曹紫朋的脚步。曹紫朋，一个三十出头的年轻人，一米七八的个头儿，脸色黝黑，目光明亮。2015年从河北科技大学毕业后，他先后在中铁大桥局、内蒙古的一家私营企业和家乡围场县的朝阳湾中学工作，但竟没有一家单位能留住他的心。直到2019年听说塞罕坝机械林场招人，他果断报名参加了河北省直属事业单位考试，录取后他如愿以偿地来到塞罕坝机械林场工作，被分配到千层板分场长腿泡子营林区做了一名施工员。

去年春季，我曾经跟他在松树沟打号。今年夏季我再次来，是要看一下经过抚育后林木的长势。山路上我和他聊起去年进山打号的事——我记得那会儿小曹听说我要跟他进山好像有点儿不愿意，脸上掠过一丝难以觉察的表情。可他看我很真诚也就同意了，随手递给我一把斧子，他自己也拿了一把，带上两瓶水我俩就出发了。

我知道"打号"是砍伐树木前的重要环节。说它重要，因为它是树木采伐前必须做的一件事。目的是提醒采伐工人要砍伐这棵有标记的树。去年那次我执拗地跟他进山，是缘于我在塞罕坝林场场部听说了各分场当下正在做森林抚育。他们建议我去千层板分场，到那儿后场长喊来了长腿泡子营林区的曹紫朋。

那是早春的一天上午，松树沟里的落叶松刚萌芽，冬天冻得硬邦邦的枝丫现在已经变软。坝上多风，枝丫使劲儿摇摆，林子里松涛很响。为了不落后，我不停地和他说话："这深山老林的平时就你一个人上山吗？"

"嗯。我们营林区有两名施工员。平时不忙我们会一起上山，如果忙起来只好分开。"

他的回答很轻松。走了一会儿，他在一片密林边缘停下，慢悠悠地瞅了一会儿眼前的树林，随后就走进去挥着斧头砍起来。欻！欻！他的动作不算猛，也不太轻，三两下就在齐肩高的树干上砍掉树皮，现出一个白生生的茬口。我站在离他不远的地方瞅着，砍破的树皮连着白生生的木屑落到树根时，我捡起一块，放在鼻子前闻闻，一股浓烈的松香气息沁人心脾。

他一边观察一边打号，走走停停。草地有点儿打滑，还有松针枯草掩盖的小坑。我不慎打了一个趔趄，他见后停下手里的活计嘱咐我加些小心。我谨慎起来，停下来仰望树梢上的蓝天白云，心里想起几年前来塞罕坝拍电影《那时风华》时出现的事。有一天导演召集主创团队开会，议论电影剧本的故事情节。当时有人提议最好有再现当年林场职工爬冰卧雪采伐薪柴的镜头。还有人询问塞罕坝林场现在是否还在砍树。我据实做了肯定回答。结果我听见周围发出了唏嘘声。有人惊愕地张开嘴巴，还有人大声问我："为什么呢？"——即使这事过去四年多了我还依然记得人们不解的表情，其中有一个人瞪着黄牛似的眼睛，很不解地质问我。

哦！简短的回忆很快结束，我回到了现实，这个叫松树沟的地方。施工员曹紫朋一直在不紧不慢地打号，他一会儿仰头观察树木，一会儿在拿定主意后举起斧子在树干上砍几下。

我在树林里选择那些长得不好的树征求他的意见，在得到他的肯定后也学着他的样子打起号来。

"上次拍电影时有人问我塞罕坝林场是不是也砍树，我的话把他们吓着了。有人不理解地说，生态环境这样不好，年年都刮沙尘暴，栽都栽不过来怎么还砍树？特别是阻挡风沙被誉为绿色长城的塞罕坝更不应该砍啊！"

曹紫朋笑了："是有误解，在普通人眼里我们做的工作就是砍树。你知道吗？其实说砍树是不准确的，科学的说法是森林抚育。盲目砍树破坏生态环境，有目的地采伐是让森林长得更好。"

曹紫朋说得够形象："这事如同给庄稼间苗，密植了就要拔掉多余的，这样才有利于它们苗壮生长。当然森林经营有它的特殊性。它不是种高粱、玉米，庄稼需要间苗，林子需要抚育。"

"通过类似'间苗'的做法提高森林质量，让它长得更好。"我回应他。

"当然，包括伐树在内的森林抚育有多种方式，不同树龄采伐的强度也不同。为了提高成活率栽植人工林时往往提高密度，这是坝上恶劣的自然条件决定的。森林在持续生长，老不抚育，阳光照不进来，林下那些灌木和花草因缺少阳光会逐步衰亡，随之而来的是野生动物因食物匮乏跟着消失。好比人的成长需要调理一样，森林抚育是要干预它们野蛮生长。"

"是啊。"我感觉他说得挺通俗。

"当然，森林抚育要讲科学，要按规程办事。根据幼龄、中龄、近熟、成熟和过熟的情况分类制定方案，确保保留下来的森林健康成长。总的原则是去劣留优、去小留大、去密留匀。"

"打号后就可以砍树了吧？"

"理论上是这样，不过还有不少细节。'打号'不是一打了之，还要'回测'，确保留下的树木有足够的生长量。好不容易种的树不能因为我们的大意造成损失，我们要按照株数和蓄积双向控制的原则'复盘'，确保不超采。打号常常与其他环节互相衔接。招标确定施工队，签署施工协议，培训伐木工人等，或提前或同步都要整体推进。分场技术员，营林区主任在抚育阶段会多次到现场检查，林场营林科的技术人员还要复核。至于我们施工员监督检查，是义不容辞的责任。"

小曹不停打号，我俩边干活儿边聊天。好几次树冠上的松针、鸟粪落在我们的脖颈里。出现这种情况时曹紫朋就用毛巾帮我清理，他自己也捽打几下继续干活儿。

"有一次干活时我惊动了树干上的一条蛇，它猛地逃跑吓了我一跳。"曹紫朋回忆自己的往事，说完瞅着我龇牙笑起来。

"有难忘的记忆吗？"

"不少。我刚入职时张彬师傅带我。那年他47岁，初夏时他带着我在山里打采伐样。干着干着我发现他老捂肚子，就问他怎么了。他说肚子丝丝拉拉疼。我劝他下山瞧病，结果师傅看我一眼没吱声。我明白，这里的活儿到了扫尾阶段，他一准儿是要完成任务再去瞧病。这样想着我就没再劝。他坚持着把这片林地的活儿做完后才去的医院，医生确诊他患了阑尾炎。说本该早点儿来，因为耽搁的时间太长已经化脓。后来医生为他做了微创手术。本来一周就可以出院，结果他住了两周。"

"是不是有点儿不值啊？如今是和平年代，交通也方便，为啥非把小病拖大呢？"

"是，也不是。这就是塞罕坝的精神传承。完成林场交给的任务对我们普通职工来说就是使命，撂下没做完的活儿心里不得劲儿。"

"本来住院一周就可以，反倒住了两周，是不是损失更大？"

"那不一样啊！如果打号没做完去医院不是误事了？咬牙坚持一下，抓住时机圆满完成任务心里踏实。"

"嗯，那倒是！"

"塞罕坝人就这样，一代代坚守60年了。"

"你在工作中有过不愉快吗?"

"怎么没有?去年在长腿泡子伐树时就闹过一出。就是你上次和我打号后发生的事:本来技术规程里有'伐根为零'的规定,或许与松针过多有关,我发现一名伐木工在作业时留的伐根过高,明显地浪费资源。我制止时他有些不高兴,强调客观原因,和我顶撞起来。最后施工队长严厉地批评他,要扣他的工资,最后他认识到了自己的错误。我再次向他强调了技术要点,最后他转变了态度。"

这个话题有些沉重,我俩停下手里的活儿站了一会儿。

从去年早春到今天我再次进山已经一年多了。行走在熟悉的林地里我发现眼前的林地变了模样,过去树木过于稠密,树冠下部的干枝乱蓬蓬的,经过森林抚育明显清爽了。先前林地上的病死树和孱弱的树都被清理,地上的枯草也不见了,取而代之的是更为整齐的林相,阳光照进树林,林下的花草很繁茂。

太阳从树梢上缓缓上升,慢慢爬上中天,再跃升到头顶上时曹紫朋招呼我下山。林缘草地的露水已经消散。看到经过抚育的树林不再蓬头垢面,我一身轻松,观看路旁的野草也就从容些,那里有黄花乌头、金莲花、地榆和五味子,更多的都叫不上名字。

不一会儿,我俩走上羊肠小道,愉快地踏上了归途。

竹子开花

在蜀南竹海里沿着林道进入竹林深处，目光能看到的地方都是一根一根生长密实的竹子。阴阴的竹林光线很少，只有走到高一些的山地才能看到光束射进竹林。竹叶明亮，空隙的地表也变得明亮起来。

竹子和树木相比区别在枝杈。竹子分枝短，也不开张。竹子是靠着众多竹竿密集地组成一个集体。树林虽然也是一个集合体，但每一株树木都独立得多。一棵树可以独自长在海岛或荒原，而一根竹子不行，单细，经不住风。

欣赏竹海需站在高处，越高越能领略竹海的整体风貌。山体起伏，翠竹也跟着起伏。山里弥漫着雾气包裹起竹子，白雾覆盖绿色，一抹淡绿一团乳白，共同营造出一个神秘的世界。世人管这里叫"竹海"，应该缘于它有绿色的海洋，有云雾的缥缈虚幻。

近处端详竹海里的一竿竹似于在海边欣赏冲向海岸的浪花，要品鉴它的细节美。眼前的一株毛竹长着翠绿的皮，节节高的身段，鞭子一样直插云天的梢头。山风吹起，它们整群摇荡，现出婀娜多姿的身段。看着它们，我想起不少古人关于竹子的赞美词。竹子是君子的象征，正直、虚怀、善群、卓尔不群，这么多的品性兼容在一物身上，可见人们对它们有多崇拜，把好多优点甚至是对立的品性集中在了竹子身上，无疑是人们喜爱它们的原因。我想，人们爱竹，爱的是它们的茁壮、健康，而竹子能生长得茁壮、健康，根源在于它们生长在适合生存的南国。在我常住的北方城市公园里偶尔也能看到竹，园林部门甚至不惜花费巨资建设竹园，从南方引种尽可能耐寒的品种，为它们创造好的生存条件，可是大部分竹子因为水土不服，不怎么成长，表现得枯枝败叶，灰头土脸，看着让人心里不舒服。看得出，在不适合的地方生存，植物与人一样无所适从。

南国也不是处处都适合竹子生长。有一次我去安徽看老友宋先生，他带我去看一个荒废的园子。进那园子走不多远他哈哈地笑起来，说老冯啊，你真会来，这儿有新鲜物件让你开眼。我说啥玩意让你这么高兴？他说："别说你从北方大老远地来，就是我长期生活在这里也很难看到。"说着，他把我带到一丛竹子前说："竹子开花，主人败家。"竹子开花，你见过吗？人们用"昙花一现"比喻难得一见，这样的竹子开花也是十年八年难得一见。老宋感慨着自言自语："难遇，实在难遇。"

那些竹子长在墙角儿，规模不大，我也没看出有啥特别，就是有些蔫儿。拉过来仔细瞧瞧，枝头上果然有花，模样像北京街头的白蜡树结的翅果。那些所谓的花儿并不美观，一簇一簇的枯黄颜色。我知道老宋是内行，询问他竹子开花有什么说道儿，他告诉我那不是好现象——但凡竹林土地板结，或是杂草丛生，竹子老鞭纵横的竹园就会出现这种情况，是缺水、营养不良、光合作用减弱、氮素代谢水平低造成的。竹子体内糖的浓度高会促进花芽儿形成，这些条件具备时竹子就会开花。不管哪种具体原因，竹子开花总体上是恶劣的生长环境造成的。

据说，竹子不仅开花，还能结实并收获竹米。第二次世界大战末期美军轰炸日本占领下的台湾，新竹军事基地附近的老百姓为躲避轰炸藏进竹林里，时间久长断了粮食。幸好那里有竹子开花，地上落满竹米，难民们靠吃竹米度日，躲过了劫难。

这只是竹子开花引发结果的一个方面，总体上讲竹子开花不是好兆头。人们发现，竹子大面积开花后会成片死亡，经济损失不消说，关联递进的影响更大。竹林毁了，依靠竹子存活的动物便没了食物，缺少食物就会饿死。据报道，1984 年四川卧龙自然保护区曾经发生过大面积竹子开花的事件，结果殃及动物，饿死了不少大熊猫。

自打那回见过竹子开花后，再次看见竹子时我总会走到它们跟前去看有没有开花的情况。可到今天再没见过。后来我查过这方面的资料，原来给我们四季常绿印象的竹子其实是有花植物，开花结实是正常现象。不过竹子是特殊的有花植物，不是每年开花结实。这常常使对它们不熟悉的人产生误解。

竹子是一个大家族，每个品系的竹子生长规律不同。受遗传基因的影响，牡竹三十年左右开一次花，马甲竹三十二年开一次花，桂竹一百二十年开一次花，群蕊竹一年开一次花，有的品种没有规律。因为竹子开花很少见，开花后绿叶凋零，枝干枯萎，造成成片死亡，所以有人感觉败兴，认为竹子开花是不祥之兆；也有人不认可竹子开花会给人带来灾难的说法，认为风马牛不相及，属于迷信。

后来我一直琢磨这件事，考虑久了竟有了自己的想法。在我看来，"竹子开花，主人败家"这说法是成立的，虽然成立却不可机械、拘谨地理解。设想，一户人家家业中落，竹子这类花草还会有人打理吗？不用说施肥、浇水、防治病害等费事的劳动，如果连必要的看守都没了，直接的后果就是为竹子开花创造了适宜的环境。只是因果要倒置表述，主人败家在先，竹子开花在后。如果顺着"竹子开花，主人败家"的意思去理解也同样成立——竹子开花，导致衰败、枯竭、死亡，对人类来讲无疑属于负面信息，相对于蓬勃、茂盛、初生的正面消息，人们感觉悲伤，难道不能理解吗？

第二辑

打着水漂过河

打着水漂过河

近些时日，我常常莫名地想起"打水漂"来，更为奇怪的是有几次在梦中也见过那情形——很多的人站在河岸上，自己打水漂，然后便奋勇争先地踩着"漂石"过河。你争我夺、拥挤踩踏，其状如窜、如跨、如飞，令我在睡梦之中也唏嘘。

打水漂是我儿时经常和伙伴们玩的一种游戏。洪水过后，我们村西、村南那两条河的河面便宽阔起来了。水深的地方，清凌凌的，碧绿如玉，那是我们游泳戏水的好去处。除了玩水、抓鱼，我们还时常玩打水漂的游戏。

打水漂首先要选好"漂石"。作为"漂石"的石块儿，其选择标准一是要薄，二是不能太大，三是要光滑。这三点决定一个"水漂"是否能够打得成功。选择有足够浮力并且阻力小的石块儿才能够打得远。石头过大、过厚，分量重，浮力自然小，容易沉到水里去；不光滑，阻力会大，也容易停下来，漂不远。因此，选好"漂石"是打水漂打得远的基础。在一定的时间里，在面积有限的河滩上选择出自己的一堆"漂石"须有一双慧眼。

打水漂还要有技巧。一是投掷"漂石"要有力量。同样一块石头，臂力大的人投掷得有力，会漂得远一些。二是要掌握好角度。角度合适，投掷出的石块与水面平行才好。歪了斜了，它们会马上栽进水里，是飞不远的。还有是要注意风向，顺风的情况下"漂石"飞得远，顶风则要差得多。

那时候我们常常搞打水漂比赛。输赢的标准，是看谁用同样的"漂石"打出数量尽可能多的"水漂"。比试的时候，或两人，或三人，分别站立在河边上，一个人先投掷，大家一齐数打出来的水漂的数目，一般以投掷三五块"漂石"为一局，累积起来决定名次。

打水漂的时候，那投掷出去的"漂石""啪、啪、啪"的一阵轻响，在风声、水声中，水面上立刻现出一道水圈来，由近及远，由大到小，那水圈就是水漂。一个成功的"漂石"投掷出去，我们"一、二、三、四、五"地数，"漂石"在水面上飞起又落下，落下又飞起，水漂与水漂的距离由大到小，越来越小，以致到后来竟连成一线，不好确定具体的数目了。为此，在计算数目时偶尔会发生争议。打水漂的人说打了十个，别人说是八个、九个都有。不过，伙伴们争论一阵，功夫不大就会统一意见。打得好的水漂，会一直飞到河的中心去。遇到这种情况我们便高兴地一阵呐喊，为投掷者叫好。

近读刘章先生的一篇文章，叫作《搭石》，叙述故乡的人们在夏日过河的时候，在河中摆几块石头，踩着它们过河的情形。他管那在河中摆的石头叫"搭石"。其实，那"搭石"我的家乡也是有的，专用在不宽的小河、小溪上面，供人踩着过河。过了雨季，这样的小河就浅了或者干涸了，不值得搭桥。因此人们便在因为水而使道路中断的地方摆上几块石头。我想，那其实也该算是一种桥吧，甚至是人类最早的桥也未可知。

其实，这"搭石"也不仅仅专用于小河或是小溪之上，城里街道上有泥泞的地方也是常见的，几块砖头或是石块，使行人不至于因为泥泞而绕道儿。"搭石"尽管比不上桥的功用好，但也低于建桥的代价，所达到的目的或功效却差不多是一样的。

自己把"漂石"打出去并踩着它们过河这样的事情我没有看见过，可我近期怎么会产生出了这般的梦呢？梦里那些打着水漂过河的人们如孙大圣踩着云头腾飞的情形，不用造桥、造船，几乎连弯腰搬几块"搭石"的力气也不费。在人们到达河对岸的那一刹那，那些飞动的"漂石"所形成的"绿色通道"马上就消失了。

能 耐

　　"能耐"这个词语在生活中使用频率很高，提到它，我会不由得想起在柳河圈里读书的事情。

　　那是我上小学二年级的时候。一天，绰号叫"洋棒子"的同学和一个叫"小铁头"的同学打架，"洋棒子"把"小铁头"推倒在烂泥里，我闻讯赶过去拉架。不承想"洋棒子"不听劝，不说话先动手，冷不防地把我鼻子打得流血。我拼不过他就哭着去找班主任刘老师。刘老师急着赶过来，三两下把"洋棒子"拽进办公室，一通训斥，"洋棒子"哭了。一旁站立的我感到委屈，也抽泣不停。

　　回过头来刘老师走到我身边，伸手轻轻地抚摸我的头说："别哭了。我问你，你上学为了啥，是不是为了长能耐？"我听了他的话点点头表示同意。刘老师见我不哭了，笑眯眯地说："你要长能耐，可是你知道'能耐'是啥意思吗？"

　　我想，"能耐"谁不知道呀，不就是"有本事"的意思吗？但我看见刘老师一副卖关子的样子就动摇了旧有的认知，拨浪鼓似的摇起头。

　　刘老师看见我的表现很得意，一边踱步一边说："'能'是有本事，有能力的意思；'耐'呢，是能够忍耐。忍得了，耐得住，那才算有能耐。你作为班长挨了两下打，鼻子流了一点儿血就哭哭啼啼，这叫没能耐！"

　　略停一会儿他又接着说："好了别哭啦，上课去吧。"我听了他的话猛地一怔，似乎听懂了他的意思，又感觉很新奇。

　　事情很快过去了，但以后好些天我都在琢磨那天的事：有意思，"能耐"原来是这个意思啊！

二年级、三年级正是小学生学解词的时候，本来就上心，加之刘老师对"能耐"这个词作出的一番绘声绘色的解释，使得我对"能耐"这个词的理解更深了。

工作中与形形色色的人打交道，时常遇到矛盾冲突，有时候使我火冒三丈，一通发泄；有时候气得我直咬后槽牙，极力控制。过去后再想这些事情我差不多总会想起"能耐"这个词，回想起刘老师来。

日前有闲，找来《现代汉语词典》，翻到"能"字下面，果然有"能耐"一词，其解释是"口语，技能、本领"，并没有关于"忍耐"的含义。捧着字典我想，是刘老师错了还是词典错了？转念又一想，我感觉凭我大半生的经历看，错的不应该是刘老师，倒应该是词典。

依我现在的理解，"能"和"耐"确实有两层含义，也是人生应该追求的两个目标和两种境界。人年轻时都偏重于追求"能"，而耐性不够；上了年纪的人又往往"耐"劲儿较强，对"能"则不抱太大的奢望。当然这只是就一般情况而言，特殊的情况，无论少年、中年还是老年，既"能"又"耐"自然是最好的追求，是人生的至高境界。春秋战国时的越王勾践能卧薪尝胆，终遂平生之志，便是一个大大的"能耐人"。

在我看来，比较"能"和"耐"二者修炼的难易程度，"能"应放在其次，"耐"倒是应该放在前面。原因是什么呢？因为求"能"往往是为了自己长本事，与人的原欲一致；而追求"耐"则需要忍，戕害原欲，这是非常痛苦的磨炼。"忍"字的本意，据说是刀子扎在心尖儿上，没有一定的耐性行么！也就是说，"耐"的境界与人的原欲相悖。种下忍耐，收获的常常是退让甚至是龌龊，总之是与风光显达相反的那一面，一般的人受得了吗？在实力的压迫下没办法也得受，可怕的是哪怕还有一丁点儿办法人们也不会心甘情愿地撒手，这便是常人平常的原因。

凡事都有艺术，"能""耐"也不例外。要达到"能耐"的至高境界，光有"能"和"耐"是不够的，还要能够把两者有机地结合起来。结合也不一定就行，还要看情势、讲分寸，在动态中保持平衡。

"缩缩儿"

"缩缩儿"生活在沙地，别名"地牯牛"，不同的地方称谓不同，比如"沙猴""老倒儿"等，柳河圈人管它们叫"缩缩儿"。

"缩缩儿"头部那对儿镰刀形状的大颚是捕食猎物的主要武器。它们全身的颜色接近黄沙，不了解它们习性的人很难发现。我和小伙伴们夏秋季节常常去柳河岸边的西夹河玩耍。在那里抓鱼捉鸟的各种把戏里，逗"缩缩儿"最为有趣。

西夹河沙地离村远，土地瘠薄，生产队在那儿播种黍子和白豆等耐旱作物总是缺苗断垄，人称"靠天收"。黍子一年一收，春天撒种下去，夏天基本不管，秋天生产队长派三五个妇女过去收割。用"把寸"（古代称"铚"，也叫"爪儿镰"，专门用于切断高粱、黍子穗子的小型农具）把穗子切割下来就行，秸秆也不收割，任其生灭。因此，这里野味十足，算得上我和发小们的一处乐园。

洪水期过后柳河清凌凌的，阳光映照下河面斑驳闪亮。河岸上的杨树林边多有莎草、红蓼，野稗草和芦苇里多有小片的水塘，不同体型和肤色的蛙类生活在那里，草丛里多有不同品种的蚂蚱。我喜欢享受那里的野趣。每次出门和父母说去西河割草，其实内心想的是去那边野逛。柳河左岸的沙滩，还有沙滩附近的沙地上不仅有沙蜥、蚂蚁，黍子地里还有很多"缩缩儿"窝，走过那里总会看见地面上成群的漏斗状窝坑。一旦发现它们，我就会跑到柳树丛里折柳枝，三下两下编一个简易的凉帽，回到地里抬起腿来甩下鞋子，然后赤脚走近"缩缩儿"的窝坑。偏大的"漏斗"状窝坑隐藏着稍大的"缩缩儿"，它们总会成为我们的首选。或许与猎物多少有关，大一点儿的"缩缩儿"窝坑一般都分布在那些既有黍子白豆，中间又有空白的地方。

"缩缩儿"窝坑的形状如同一口锅，大的阔如一个乒乓球剖面，"锅底"尖尖的，深浅不及一寸。为捉住"缩缩儿"，我们在沙地上不能有大响动，要蹑手蹑脚地走动。"缩缩儿"那小精灵很鬼，一有风吹草动就藏匿到更深的沙土里去，因此要成功捉到它们必须趴在地上观察。如果没在第一时间发现，说明它们已经藏匿起来。这时候我会就近掐一枝狗尾草穗子，沿着窝坑的"锅帮"刷几下，我们管这做法叫"扫荡"。刷几下，如果发现有动静就开始抓捕。这时候万不可毛手毛脚，如果动静太大，十有八九逮不着它们。"缩缩儿"的身体太小了，混在一堆沙土里很难分辨。如果性急，逮不着我们会产生"敌意"，怨它们狡猾。现在想来有些不对劲儿，我们明火执仗地侵犯人家的家园，反倒抱怨它们本能的自卫，简直是强盗逻辑。

我们总有充裕时间等待"缩缩儿"出现，蹲着或趴着，一旦发现窝坑里有沙粒滑动便用双手包抄过去，将它们连同沙土一块儿挖出来捧在手掌，那一刻我多半庆幸自己有本事，口中念叨"魔高一尺，道高一丈"之类的话，连吹带抖地让手掌中的沙土滑落。那"缩缩儿"当真在里边的话不一会儿就会滚落在地。

摔在地上的"缩缩儿"遭遇惊吓会本能地动一下，但很快就开始装死，这时候任凭你再怎么摆弄它们都一动不动。我们盯着观察，只看动静却不急于捕捉。时间超出我们的预期时就用小棍子或草茎捅，用嘴吹，它们依旧不动。

平静一会儿，它们感觉危险解除时会一骨碌爬起来，接下来是逃走。它们逃跑的样子很笨拙：尾巴（实际是肚子）使劲地插进沙土，脑袋高高仰起后身子转圈，两只大颚用力清除沙土，时间不长就把自己埋进沙地。自然，它们再努力也不会逃得太远，我们怀着如来佛俯瞰孙大圣翻筋斗一般的心思看着它们，随时捉它们回来。但我往往玩更刺激的：发现"缩缩儿"的窝坑后不贸然去抓，而是从附近捉来一只蚂蚁投放进窝坑，掉进窝坑的蚂蚁弄不清怎么回事，总是急着爬出去。

"缩缩儿"窝在我们眼里足够小，可对掉进窝坑的蚂蚁来说却是深渊了，任凭蚂蚁再怎样拼命地想逃跑也难如愿。它们的各条腿忙啊，脑袋探视着，急欲摆脱困境。这会儿我们平心静气地观察，工夫不大就会发现窝坑的某个角落会有沙子塌陷，狡猾的"缩缩儿"探头探脑地钻出，不紧不慢地观察眼前的猎物，瞅准机会扑上去，凶狠地攫住猎物。那蚂蚁遭遇攻击会拼命挣扎，与"缩缩儿"搏斗。不过它们在"缩缩儿"布置的陷阱里很难逃脱。

"缩缩儿"虽小，却是凶狠的肉食昆虫，把咬死的蚂蚁曳进沙土里慢慢享用。

"缩缩儿"的当家本事是退缩，根据自己的实力以退为进谋求生存。它们不跟对手在一个平台上争斗，而是以退为进，做陷阱专等别人失足；它们在遭遇危险时也采用退缩的办法，跟对手玩装死的把戏；它们捕捉猎物时先埋伏躲藏，专等别人失足。

过去我只知道这种昆虫叫"缩缩儿"，很久后才知道了它们的学名。那是在太行山的一片梯田里，我们在那里选择"碳汇"造林项目的备选地，河北农业大学一名教授见我对这种小昆虫感兴趣就聊起来，他告诉我"缩缩儿"的学名叫"蚁狮"。后来我又从电视上知道它们的名字来源于狮子一般的凶猛，知道了它们只吃不拉的特性。在不长的生命旅途中从不排泄，憋得受不了时就蜕变成蚁蛉。

蚁蛉常常落在草尖上，飞翔时无声无息形象单薄，影响远不及蜻蜓。

"一休"和尚的秘密武器

《聪明的一休》这部动画片我想很多人都是看过的，我也看过好多集，颇有好感。这部动画片很长，一集一集地讲述一休和尚机智、乐观的精神以及他与社会上形形色色的坏人进行斗争的故事。那是日本的古代，当周围有人遇到危难的时候，就到一休和尚所在的庙里请他帮忙。于是，聪明与愚昧周旋，正义与邪恶斗法，通过一个一个故事张扬正义，贬斥邪恶。

一休和尚是出家之人，本无俗界的烦恼，哪里愿意争斗？可是怎奈前来求助的人都是弱势群体，要么被邪恶压迫，要么被强者欺凌。一休和尚以慈悲为怀，富有同情心，哪儿能袖手旁观呢？于是他才一次次地走出了庙门。

值得一提的是，当大家都一筹莫展不知如何战胜对方的时候，"一休"和尚总会做出一个习惯动作：他沉着冷静，盘腿打坐，合上双眼，用两个小手指头在光光的头顶上画几个圈儿，嘴里不停地说："不要着急，休息，休息一会儿！"于是，在清脆的木鱼声里，他便计上心头。

再后来，往往是人们协助一休和尚与对方过招儿，在双方斗智斗勇的过程中，对方最后总是被逼进死胡同，自认失败。

就因为有这本事，一休和尚在人们的眼里就成了智者的化身，是一位常胜将军。

那一休和尚的聪明才智是从哪里来的？刚开始看这部动画片的时候我并没有在意，只是一味地看热闹。后来看得多了竟产生了感悟：我认为，除了具有较高的智商以外，他能够以智取胜的主要原因，在于遇到困难的时候不仓促上阵，毛毛躁躁地去处理，而总是先让自己冷静下来，即"休息"一会儿、谋划一番，等成竹在胸了再行动，这才能够出其不意地战胜对手。我感觉，这是一休和尚能够化险为夷的秘密武器。

庚辰年秋天，我去日本的时候专门去了京都的金阁寺。除了要观光，我还想利用这个机会验证一下自己在观看《聪明的一休》中对"一休"的理解是否正确，防止望文生义。

日本朋友告诉我，"一休"在历史上确有其人，他生于1394年，死于1481年，是日本南北朝时代具有皇家血统的和尚。他幼时称"千菊丸"，六岁在安国寺出家，授名"周建"，十七岁时换门西金寺，由"谦翁禅师"赐名"宗纯"，二十四岁时落定"一休宗纯"。他名字中的"一休"是直接引用的日文汉字。"一休"一词的真正来源，其实是来自他本人做的一首诗：从有漏路归无漏路，且一休矣；雨降任其降，风吹任其吹。大意是：

身离尘世烦恼，

心归色空境界。

我且小憩片刻，

任其雨落风吹。

由此看来，我对"一休"的理解是正确的。尽管一休和尚的诗带有明显的出世味道，但是我却认为，经过当代日本作家对历史素材的创作，《聪明的一休》呈现出的却是一副新的面目。我观看这部动画片，最大的收获是从中悟出了在纷扰和浮躁中需要冷静处事的积极意义。在当下异常浮躁的世风之下，我的内心常常呼唤：学学一休和尚，冷静地工作和生活吧！

《聪明的一休》虽然以安国寺为背景，但不是鼓吹佛教，也不是一味地强调忍让和无为。表面上它告诉人们的是以智取胜的斗争艺术，但更深层次，它也告诉我们"休息"（冷静下来）的重要性！我们中国不是有"眉头一皱，计上心来""宁静致远"等等说法么？其实，它们与"休息"之间的意义是相通的。再说得明白一点，就是"休息"能够使人冷静，而冷静能够使人变得聪明一些。

农业人在崛起

八月的坝上高原，天高气爽。在乡间路上行走你几乎每天都能看到天际线上堆积着高耸的云垛。底层大多铅灰颜色，像老旧的油画布一样深邃厚重。层层叠叠延伸到半空的白色云头高峨崔嵬，寂静安详。偶尔阳光会穿过云隙，探照灯似的光束明晃晃地射向大地，瞬间那绿绸缎似的田野上会出现一块块浅黄颜色的光影，一眼望去心间立时会生出丝丝暖意。遮挡住阳光的云彩把影子投印在丰腴平展的高原上形成斑斑暗影。面对这样的"云彩过"，田地里忙碌着的人总会放下手里的活计，使劲儿地伸展腰身，遥望着天空歇上一阵。

我被同事聂书海邀请来到了他扶贫的沽源县长梁乡兴隆堡村。他在这里做驻村第一书记已经三年时间。在最近的交流中，我让他推荐几个回乡创业的青年，很快他就把一个叫刘立生的人介绍给了我。随后我和刘立生通了电话加了微信。但是一看他那"农业人崛起"的微信名我诧异了。经过多次交流，我感觉这个深度贫困村里的青年人对农业和农民有自己独特的认识。那一刻我做了一个决定，我要到坝上去和他见面。

眼下，我和聂书海正大步流星地走在坝上的田野里。兴隆堡的村路干净整洁，田间土路却有不少路段因为下雨泥泞存着很深的车辙。我俩顶着炎炎烈日找到了去骆驼地的土路。开着白色碎花的蛇床，茂密的披碱草，穗子褐红即将成熟的酸模，独株却高大的苍耳等野草参差不齐地长在路边。路上聂书海说他已经看见了刘立生。其实刘立生也应该看见了我们。坝上空旷，几乎没有高秆儿作物，土豆、胡麻、蚕豆，身高都不超膝盖。我看到正在地里干活的刘立生大老远地望了我们一眼，之后又猫腰继续忙活起来。

直到我们来到地头儿时刘立生才停下手走出菜地，一边向我们移步一边喊着聂书记。聂书海把我介绍给刘立生，年轻人竟呵呵地乐了，"我们也算认识啦！""是啊，不但通过电话还有微信呢。"我这样接应他，同他握手。

就在聂书海蹲下去观察菠菜长势时，我仔细打量起这个年轻后生。他上身穿一件半新不旧的灰色夹袄，挽了裤腿儿的单裤里套着红色秋裤。他没戴帽子，黝黑的脸庞上有明显的晒斑，一双明亮的眼睛望着我，很热情地和我说话。看着菜畦里绿油油的菠菜，我问他："种了这么多菠菜好卖吗？都卖到哪里？"

"北京，张家口都有，都是菜贩子来拉。"他告诉我，今年他种了110亩地，除了八亩半菠菜外，其余都是土豆、莜麦和蚕豆。

"种这么多人手够吗？"我站在地埂上问他。

"家里就我和母亲两口人，父亲七年前病逝了，有个哥哥在外地工作。这地说多其实也不多，如今种地已经很省事儿，基本都是机械化。春天种几天，夏天打一次药，收秋费点儿工夫，十来天也够了。"说着他啪啪地拍了拍沾有泥土的手说，"今年的蚕豆、莜麦还没收获，就菠菜卖了两万块钱。"

我问他去年收入怎样，他一项一项地为我算起来："蚕豆、莜麦、胡麻，平时打些短工，总收入扣除种子化肥农药和租地的钱，还有我和母亲过日子的生活费，净剩三万块吧。"

说完，刘立生的目光转向聂书海："工作队这三年脱贫攻坚奔小康作用太大了！他们聚焦'两不愁三保障'，帮我们联村搬迁建设新居，建养殖场集中养牛，发展金莲花种植和生态造林项目，人们盼望兴隆却一直没有变化的兴隆堡这回是真兴隆了。"他停顿一下接着说："工作队举办的培训班讲政策讲技术开阔了我的眼界，我感觉对我有不小的触动。前年为养牛我买了粉草机，因为电压不稳一直不能用。工作队为我们村兴办肉牛养殖小区后这个问题解决了，我的粉草机也安装好了。"

"我这次见你还想问一件事，你为什么给自己起了'农业人崛起'这样一个微信名儿呢？"

"一方面是我个人想通过农业实现个人崛起，另一方面作为一个农业人也期望中国农业崛起。"他停了一会儿接着说，"高中毕业后我有过不当农民的想法，没考上大学我就打工去了，在建筑工地上开挖掘机。后来因为父亲的肺心病需要照顾，我回到兴隆堡。近几年看到国家对农业越来越重视，种地不收农业税反倒发补贴，把扶贫当作国家的头等大事来抓，我感到国家对搞农业的人越来越好，就留下来不走了。"

聂书海听后微笑着说："主要是你头脑灵光，有创新精神。好好干吧，盼着你发家致富奔小康，实现小康娶新娘！"话音刚落，我们三个人一起笑起来。

"其实现在搞农业挺不容易。既要懂技术会管理，还要懂市场会销售。种地既受天气影响又受市场影响。有时候你出力却得不到应有的回报。农业人难啊！农业发展到今天，咱坝上老百姓还得看老天爷的脸色行事。它一发脾气给你下冰雹发洪水，水涝旱灾让你颗粒无收，连买化肥农药的本钱都回不来。"刘立生说得很激动，脸都红了。

"不过我感觉农民和搞农业的人应该区别开。现在有好些农民身份的人在外地打工。建筑工人、家政、服务员，五花八门，他（她）们还是农民吗？政府的扶贫政策好，全国脱贫实现小康。我感觉往后应该在培育新型农业人才上下功夫。以后的发展趋势我感觉应该是农业人的职业化。大力发展农业社会化服务，比如发展农业保险，我感觉这是个方向。"

我从他的话语里听到了这个年轻人的思想和抱负，隐约看到了脱贫攻坚后新农村持续发展的希望！

"今年我购买了一台德易播牌蔬菜播种机，准备明年扩大种植规模，在现有土地基础上再扩大三成。我知道大田作物利润少，不过保本没有问题。"

我们三个人聊天暂停的间隙，我猛然听见了骆驼地边儿上几株高大青杨树上发出来的哗哗声。我太熟悉坝上的风了，可今天我却在这个叫骆驼地的地方感知到了不同以往的响动，是这片青杨在为刘立生鼓掌吗？我抬头望过去，那迎风面的半边树冠上油绿油绿的叶子此刻竟露出背面的白色，哗哗啵啵地响个不停，使夏日里相对单调的绿色有了改变。我一下子觉得自己不仅听到了风的声音，还看到了风的色彩。这是一种自然的律动，更是生命的律动，我有幸捕捉到了它。当下，我深深地感到这个叫兴隆堡的坝上小村我没有白来，我不仅看到了扶贫工作队给这里带来的软硬件提升，更看到了这里人们的素质在提高。

想起生土

突然想起生土。生土就是没有被人开挖和侍弄过的土。生土单纯，不含腐殖质，多少年代隐匿在暗壤里，一旦被人鼓捣出来，转瞬间就改变了品性。

在今天这样一个数字化支撑下人们随意上天入地的时代，有谁还在意土得掉渣儿的东西吗？熟土越来越多，生土却愈发稀罕了。有些人以"无土"为美，他们住高楼、坐轿车、走地毯，对自己过着"不沾土"的生活心满意足。这样一来人们见到生土几乎成了难事。即使普通老百姓到公园里散步，脚踏之地大多也铺满地砖。如果不是有意而为，几乎没有土路可走。在大街上散步见到的花草树木要么被铁栅栏包围，要么树根部位全被塑料格子箍住，总之是以不见土为时尚。走到长满绿树的公园假山上能见到土，不过它们都被人折腾过八百回了。

不过我相对封闭落后的家乡还多有生土。村东一道两米多高的土坎子，祖祖辈辈人们都从那里取土。盖房和泥、打坯，垫牲口圈，说不清有多少用途。年轻那会儿我多少回抢着大镐在土坎子下刨土。黄褐色的生土一块块地堆在脚下，然后被我用扁担和柳条筐挑走。也不知道那道土坎子已经昏睡了多少年，我只知道浅浅的表层下面尽是生土，它们从来没被人动过。刨下来的生土在我眼前迅速镀了一层太阳的光辉，上面紫气氤氲。我在这样的环境中劳作非常卖力，有一种成就感。

打坯或垫猪圈后生土迅即成了熟土，开启了作为土的另一种"旅途"，它们有的变成了粪土，运到沙地里去，掺和过生土的沙地增加了耕作层的厚度，也改变了土壤结构，瘠薄的沙地变成了良田，能打出更多的粮食。

当年我经常去土坎子下刨土。趁着歇息还拿起来看，那些距离表层近的土块跟劈柴片子似的，有的很像牛肌腱肉。我还把它们放到鼻子底下闻过。哦！潮湿，清新，和雾霾天里呛嗓子的空气两路。

村里的有心人刨下新土后常常就近选一处干净地方晾晒，晒干后用锄头或铁锹拍打，待它们变成细土时再用筛子筛出更细的粉末，掺上从渤海边的盐场拉来的大粒咸盐，倒水和成稀泥，用手捧进陶瓷坛子，再把洗净的鸡蛋放进去，这样腌出来的鸡蛋味道纯正。还有人喜欢把生土敲成细粉垫猪圈，猪躺下去沾满腰身，相当于给它们涂了爽身粉。当然，牛棚和羊圈也一样，铺上一层太阳晒热的生土，再潮湿肮脏的地方也会清爽起来。可惜那些干净的生土一下子就变成了粪土，原本再干净，当下也同流合污了。

山风已经吹了多少年，风带来一股股新的味道，农药厂的味道，机械厂粉尘和煤烟的味道，它们不停地浸润乡野。工业发展，特别是化工厂增多，有毒液体不加处理直接排放，便会造成污染，让工厂附近的生土一下子变成了带毒的土，造成多大的危害。

对土不上心的人眼里自然无土，看了也是视而不见，自然不会去探究它们的分别。只有那些对土地怀有感情的人才知道默默无闻的土地看似没有变化，其实大有分别。

我在东坎子下刨土那会儿没想过人跟土的感情。想到这些是多年以后的事。后来我留意人们激情地朗诵热爱土地的诗句，高声朗读之下好些听众动情地流泪了，我相信他们动了真情。不过也有一些人总是带着敷衍的神态，眼神迷离，没有半点儿严肃和庄重。

那时候我也没意识到土地的复杂性，只想到有用就去刨。不过后来有一天我突发奇想，询问自己做过哪些有创新的事。静静地想了好一会儿，比如上大学，买了带书房的房子等，还想到童年砍柴和放羊的经历；春天青黄不接时吃生白薯干儿充饥的狼狈相；夏天整日在山里疯跑，追野兔掏鸟窝；秋天为多收集一把豆根儿还发生过与伙伴互相争抢动粗的糗事；冬天跟一帮伙伴靠在土坎子下听老头子们讲杨家将和薛仁贵征东的故事……一直想到从小学中学再到大学拼命苦读要出人头地的小心思。一溜遭儿地扫描过来，感觉有些所谓的成就其实旁人都能干，没有一件算得上自己的创新，倒是年轻那会儿刨生土的经历有点儿"开辟"的意味儿。

生土的气息只在地下或刚刚破土时才存在，一旦离开土地转瞬间就会消失。长期使用化肥后的土壤板结得很像生土，可那是假象，因为它们没有半点儿生土的清新。

长城在成长

橙红的朝阳映照四野，山路弯弯，小小盆地里地气蒸腾，一缕一缕透亮闪动。迎春花开了，淡黄色的苦菜花儿也开了。蒿草的枯茎直愣愣地立在地上，茵陈嫩叶紧贴地面，灰白一片。山坡上油松初现生机，山杏早早地披上了花衣。蜜蜂、蝴蝶轻轻飞舞，金山岭上一片春晖。

仰望长城，蛟龙披金，逶迤奔腾。一个念头倏然产生，眼前的一切都在成长，与它们一起生长的，是否还有长城？

据考证，长城最早出现在春秋时候的楚国。而金山岭内的燕国则是战国时候较早修建长城的国家。在屡遭侵扰，举国上下担心国家安全的时候，修建长城的决策产生了。或许是一次朝会？一位谋士站出来对国王说，战事频发，我们在边关修建长城吧！可以预报敌情，能够阻挡骑兵。——道理非常简单，如同牧民在草原上围起一个保护牛马的圐圙，农民在家里围起一道防止野兽偷袭的栅栏。

争论从未停歇。

想想看，即使在两千年后的今天依然有人贬损长城。有人认为思维狭隘，有人认为得不偿失。可想而知，当初人们对修筑长城该有怎样的争辩！但是历史就是历史，不是风凉话儿。由于农耕和游牧这两种生存方式的持续较量，修筑长城成了农耕文明在当时的生产力水平下，为了自身安全而做出的明智决策。自然，建言一旦被朝廷采纳，就成了压倒一切的国家大事。应该绘制了蓝图，一定安排了预算，也该有声势浩大地宣传动员吧！

修长城集大成者是嬴政，为了阻挡匈奴进犯，他连年征调百万民工，最多的时候全国每二十人中就有一人被派到边关。自然免不了横征暴敛、劳民伤财。老百姓怨声载道、民怨沸腾的时候孟姜女出现了。她为因修长城而死去的丈夫哭泣，一哭就哭倒了八百里长城。这事明知是假，代表的却是老百姓对朝廷苛政的无尽仇恨。

记得小时候家里盘院墙，叔叔伯伯们垒墙，我们小孩子负责运送"馅子"（填充墙体的小块石头）。可能垒墙和修长城的活计相似吧，大人们一边干活一边说修长城的事。他们说，秦始皇修长城累死好多人，死人多了连掩埋的工夫都没有，监工就把尸首扔进墙里当馅子。他们的话让我毛骨悚然，后背发凉。——丰碑高耸，口碑久传。是非功过，让人感叹。

修筑长城的壮举可歌可泣，自毁长城的悲剧令人叹息。从春秋战国到秦汉，再到明朝，中原统治者从没有停下过修筑长城的脚步。多少次地连接长城，增修长城。多少次地拆长城、毁长城。不光是外族，也有自己人，分化、解体、对立。长长的岁月里，长城时有毁弃，更有成长。

多少回我去看长城，燕国、齐国、秦国的，更多的是明代的长城。也攀爬过依旧坍塌着的旧长城，还深入地下考察白洋淀周边地区宋辽交战时留下的"地下长城"。至于被比喻为"绿色长城"的植树造林工程，我自己就是一个建设者。……长城的概念已经引申、放大，早已不单是我们通常说的那个"万里长城"了。它已然成了一个生命，一种精神。从这个意义上讲，长城一直都在成长。

多少回我乘车穿行在长城内外，翻越八达岭，穿越古北口。风驰电掣中总爱打开车载音响播放歌曲："都说长城两边是故乡，你知道长城有多长。它一头挑起大漠边关的冷月，它一头连着华夏儿女的心房……"激情的旋律，优美的唱腔常常给我孤寂的旅途带来快乐。

那年我去内蒙古途经张家口，一位专门研究张（家口）库（伦）大道的专家陪我去看大境门。踯躅于写着"大好河山"的城楼下，看着熙熙攘攘的人马车辆匆忙奔走，听着友人介绍张库大道曾经的繁荣，更加深了我对长城的理解。长城不仅仅是用来御敌的一堵高墙，也不是阻隔交通的天堑。除了战时，它大部分时间是关内关外、中原与草原各民族商贸和文化交流的绿色通道。

我专门去廊坊市永清县看过一次"地下长城"。一处废旧的宅院，一片浓荫蔽日的构树，当地一位老人把我引领到长城的入口。掀开木板，露出暗洞。在昏暗的灯光下摩挲着走了一会儿我明白了，地下长城其实就是地道。我们通常说的长城建在崇山峻岭上，地下长城隐藏在华北平原的地下，方向不同，异曲同工。轻轻地，我敲了几下阴冷潮湿的砖墙，笃笃地回声撞击我的心扉。突地一个念头跳出来，长城从来就不是一成不变的。即使在古代，它也有变形、有发展、有成长。

倚靠在山海关老龙头城墙上遥望大海那一回，渤海湾里风和日丽，群鸥翔集。心旷神怡的时候，我的思绪竟跨越千山万水飞到南海去了。迷蒙中我仿佛听见了国旗在猎猎鼓荡，看到了云海之间飘荡着一幅中国地图。地图上最吸引人的，是那标示我们领海主权的"断续线"。整整九条，宛如一串珍珠项链，浮荡着耀人眼目。我抑制不住兴奋，情不自禁地哼起了歌曲。在我眼里，那九条弯弯的"断续线"就是长城，是我们伟大祖国的南海长城。

开车经过金山岭，飞快的车速中我仰望长城的垛口，刷—刷—刷的风声里，垛口—天空—垛口的闪动中，实—虚—实的幻影下，我心里竟莫名地出现了 1—0—1—0 的符号。那是一条飘动的宽带，电光闪烁，影像斑驳。冷静下来的时候，我庆幸自己的发现，进而想到了"神舟号"宇宙飞船，想到了"蛟龙号"潜水器。在"可上九天揽月、可下五洋捉鳖"的豪迈情绪里，我想到了长城的发展，长城的成长。

长城隐含着中华民族无比顽强的意志和坚不可摧的伟力，书写着说不尽道不完的思想光辉。不说生存智慧和建筑风格，单从哲学层面解读，它就包含着开与关、柔与刚、进与退等深邃的思想内涵！

　　说到底，长城是一个安全问题。它因安全而生，因安全而长。没有危机不会有长城，安全问题不解决永远需要长城。

　　今天，长城已经成长为我们伟大祖国的钢铁长城、信息长城。我盼着它长得更结实，更强大。听的时候，却只有微微的风声了。

清晨，我与岐山湖对话

岐山湖畔最有特色的景观是文化长廊，据说比颐和园里的长廊还长一百多米，当地人引以为豪。从距码头不远的地方起首，长廊贯穿着几十处亭台楼阁，蜿蜒起伏，蔚为壮观。在莲花桥我们遇见了也在游园的文友，便一起在文化长廊里行走，或观旁侧的景物，或读长廊之上的绘画故事、经典诗文。走走停停，竟记不清已经走了哪些地方。待有人说起不知道走了多少景点的时候，引起大家你一言我一语地说了一些名称，最终也不知道是否齐全。烟雨楼、与谁同坐坊、玉带桥、莲花桥、邀月轩、云霞阁、留佳亭、寄澜亭、清遥亭、澜桂轩、瑞泽园、寄柳桥、听荷轩、文韬阁、月来亭、云起亭等，廊桥相连，甬路旁斜，各类景观星罗棋布。

岐山湖坐落在太行山南段的丘陵地带，人们在此地引湖水，植树木，立"太湖"于园、运太行山石造景。到处怪石嶙峋，参差错落，营造出的是一处独特的世外桃源！走在岐山湖的长廊上，清风扑面，畅志抒怀，想到芸芸众生，大多数的人都墨守成规，只有极少的人能够轰轰烈烈地干成一两件具有突破性的事情。因此我非常佩服开发岐山湖的主人。现在，岐山湖的建设者们正在做着一项"化腐朽为神奇"的事业，他们靠自己的智慧和双手重新装点江山，今天看来似乎是经济之道，但未来也许能引领一方文明。

在岐山湖游湖，实际上就是坐船看风景。一湖碧水被大坝挡在三面环山的凹地里，形成了一片近八百公顷的浩瀚水面。昨天下午我们游湖的时候是阴天，还有些下雨的迹象，云低水暗，白鹭低飞。我站立船头向着上游的水道远眺，或远或近的山脉一片葱绿，与湖水天光相接，可谓"风景这边独好"。

船行数里，我和北戴河的赵立群兄走进船舱与舵手老赵聊天。没想到他

不负情思不负风

竟是一个非常健谈的人。他生在西竖村，长在泒河边。靠水吃水，在这里从事游船的营生已经十多年了。说起岐山湖的历史，老赵一下子沉重起来。——哎！把它叫岐山湖只是近些年的事情。原本它就是临城水库，也叫西竖水库。修它的时候可不容易了！二十世纪五十年代末期正是祖国"三年困难"时期，人们饭都没得吃，上级却调集全地区的社员修水库，难着呢！当时有人不愿意来，公社干部就把他们的家属拉到工地参观、受教育。你想哪个男人会忍心让自己的老婆孩子在工地上受罪？于是都服从了安排。那时候冬天也不停工，天寒地冻，滴水成冰，在没有机械的情况下全靠人海战术啊！红旗招展，锣鼓喧天。人力开挖、身背肩扛，人们凭着"人定胜天"的精神最终修成了这座水库。可是代价太大了，由于活计重、缺粮食，不知道多少人受冻、挨饿啊！说完，老赵似乎意犹未尽，久久地用眼睛盯着我俩看。我们看着他，他盯着我们，我们谁也没说话，就这样沉默了好一会儿。

　　我想，老赵是在询问我们的感受？还是他自己深深地沉浸在无限的感慨当中了？过了片刻工夫，老赵开始拨了一下速度杆，游船开得更快了。

　　坐在游船上，我突然想到，我们面对的是同一个岐山湖风景，虽说岐山湖的风景对于我们都是一样的风景，但每个人的感受却各自不同吧？如今的岐山湖算得上风景如画了，可是有谁愿意探究这美丽风景背后的故事呢？尽管那段火热又惨烈的历史已经远去，但是它依然是这一方土地上乡亲们的共同记忆。因为他们享受过并还在享受这片水的恩赐吗？还是世道良心的不灭？总之提起临城水库，库区周边的人们就会念叨起修建它的艰辛，修成后的好处。

　　清晨，当我又一次站在码头上，看着一轮红日映照在水面上形成的一道红光，还有被光晕笼罩着的游船，我的心潮澎湃起来，岐山湖与临城水库一脉相承，今天还在哺育着这一方百姓，连我们这些远道而来的人也在这苦夏里享受到了它的清凉。我们在欣赏这里美丽风景的同时，知晓这片土地上那段辛酸的历史，为此提升自己的责任，或许能使我们的笔墨更加向善，从而多一份责任的担当。

黑龙山

橘黄色的夕阳从石壁的齿口投射过来，山脚已经晦暗，而山前平原上的树木花卉却被浸染成娇嫩的光晕，一片斑驳。

我们从赤城县城而来，在一个多小时的车程里，山路牵扯着车子左奔右突，我竟一时产生了乘船的感觉，忽忽悠悠地飘到了黑龙山的山口。进山不久，只听赵海玉局长轻轻地对王师傅说了一句什么，我们的车子便"嘎"地一声停下了。我从车上跳下来的时候，赵局长已经用手示意我们看那路边的悬崖了。"石林！"他一副自豪的样子，没说什么话，就微微地笑了起来。嚯！真是好大一片石壁啊！仰头望过去，石头的节理竖立着，一条一条互相挤压着，从南向北铺展开去，极像一幅巨大的画卷。见此情景，我便不由自主地举着相机拍起景色来。这条石壁直上直下，好不险峻。其峰峦叠嶂如张家界高耸的山头，其犬牙交错又堪比狼牙山的陡峭。石壁平整巨大，是旁的地方所没有的。仰望石壁上的坡顶，树木葱郁，在阳光下跳荡、闪烁着，一如秋阳下光影闪动的水面似的。嶙峋的悬崖之上直至蔚蓝的空中，正有成群的乌鸦追逐，"哇哇"地叫着。

当我把视线收回来的时候，才看清了这个有上百亩面积的山前平原的模样。路边以至河畔，柳兰花儿正在蓬勃地展露着它们高大、水灵、鲜艳，一丛丛、一片片，开放得汪洋恣肆，无拘无束。花丛稍远的地方是河滩，边沿上长着好些艾蒿、水芹，还有白屈菜等野花。河石没有一块鹅卵石，各个都有棱有角，踩上去有些硌脚。再往前一点儿我望见了河面。河水流淌，或漫过野草，或绕过石头。河的流速很快，有落差的地方能听见淙淙水响。赵局长说，这就是黑河，北京主要的饮用水源之一。因为河底有青苔，河水便呈现出黑色，因而得名。他说话的时候，我走过去看河水，的确有些黑。我好奇地弯下腰去从河里捞出来一块河石观看，石头竟也是黑的。用手掬出一捧河水放到嘴边吸溜，那水便从我的口腔直流到肚腹里面去了。河水清冽，给人精神。

一阵山风吹拂过来，凉爽得我心情愈发欣喜了。举目四望，弯弯的河道旁侧有一片绿洲。绿洲之上榆树成片。河畔边缘，林间长满了碧绿的青草。青草上面有一群牛正在吃草。牛有黄色的，有黄白相间的，也有黑白相间的，数数竟有二三十头。它们全都埋头吃草，仔细听，能听见他们啃草的声音，"刷、刷、刷"，声音和谐，传递给我的是一种极好的情绪。这儿的牛身子都泛着油光，一眼就能看出它们的健康来。看着它们，一个念头竟突地跳进了我的心头：做牛就做这大山里的牛吧！只有山里的牛才算得上自由和幸福啊！在一群散漫的牛群里，一头小花牛正依偎在母牛腹下面吃奶。母牛走动，那头调皮的小花牛被迫离开母亲后竟三步两步地蹿跳起来，在草地上撒起了欢儿。啊！这是一幅多美的山野牧牛图啊！这样想着的时候，我便向四处张望寻找牧牛的人，待我搜寻一阵之后才发现，一个面容矍铄的老汉正靠着一棵粗大的榆树抽烟呢。

站在车旁向沟谷里面张望，沟谷深深，山路弯弯，似乎没有尽头。车轮滚滚，我们的车子在颠簸着走了一段土路之后，一个散落着房舍的村庄映入了我的眼帘。我们走过泥泞的街道，三五头散养的猪撞见我们后都"哼哼"着逃散了。一只母鸡正带着七八只鸡雏儿觅食，见到我们一群人便"咕咕咕""唧唧唧"地叫着跑到柴火垛的背后去了。墙根儿底下坐着三五个老人，有的抽烟，有的闲坐，见了我们都扬起了脖子。此时，我宛如走进一幅古朴的油画里，耳畔好似响起了一首久违的老歌。我们的到来像石头投进了平静的水面一样，顿时荡起了一圈儿又一圈儿的涟漪。

住在黑龙山自然保护区所在的东栅子，我第一印象是凉爽，第二个印象还是凉爽。与我一起来的刚刚逃离中原酷暑的朋友们，跳下车就大呼小叫起来，"啊，太凉爽了！"

晚饭没有海味，山珍却多。蕨菜、蘑菇、木耳、黄花、柴鸡蛋、野猪肉。山里人朴实，让让酒就吃饭。进屋睡觉，一觉醒来的时候，天已经大亮了。

上午，在护林员小安的带领下，我们向着黑河源、向着远处的马蜂沟进发。进山的路往往都与山溪并行。水往下流，人往上行。从老栅子走不多远，路旁有一片榆树林，已被保护区开发为"榆林栈道"。从这里再往上走，不远就到了黑河源了。为什么管这里叫黑河源？因为这里有一个大泉眼，流水淙淙，白花花地流入河道。河道尽是山石，边沿长满了山榆、刺梨、紫椴等树木。泉眼旁边的山石上刻着"黑河源"三个大字。一般人走到这里便认定到了黑河源，在附近的山野流连一会儿就以为看到黑河的源头了。其实，只有当地人才知道，黑河源上面的山沟还远着呢。在小安的带领下继续前行，我们要到马蜂沟去看那里的天然落叶松。

马蜂沟的沟口起初还算开阔。树林尽管茂密，总还有一条羊肠小道，可是再往里走，那条羊肠小道竟不见了。马蜂沟是一个植被垂直分布，海拔两千米以上的山沟，一个典型的北温带山地生态系统。海拔一千五百米以下的地方为落叶、阔叶林带；一千五百米到一千八百米为针阔混交林带；一千八百米到两千米为寒温带针叶林带；两千米以上为亚高山灌木和草甸。我们穿密林，蹚溪流，在马蜂沟完整地进行了四种林相的考察。尤其从落叶、阔叶林带经过时，我们高喊着披荆斩棘，全靠用手拨开眼前的灌木丛才能行进。有时候走了一段儿路才发现前面无路可走而不得不折回时，便重新选择路径继续前进。到了针阔混交林带的时候，树林的密度疏朗了，蒙古栎、桦树等长满山坡。树苔、地衣、牛蒡、鹿蹄草密密地长在林下，阳光照不透密林，从高空筛落下来的阳光映照在树枝树叶上面，现出的是斑驳的光影。再往上走就是落叶松林了。这里的落叶松高大挺拔，树枝平展，每一棵都翠绿、翠绿的，都很健壮。小安说，这里的落叶松多数都有一百五十多年的树龄了，能保留这么久，完全是没有人为干扰的结果。

走走停停，我们竟爬到了马蜂沟与东山的分水岭，一片被称为"空中草原"的地方。站立山巅，极目北望，满眼青山，莽莽苍苍、沟壑纵横，日照青岚、白云朵朵，好一派北国风光。脚下的亚高山地榆草甸我最熟悉。时下，黄花葱、繁缕、卷耳都开着花。我采摘一把趴在地表的地榆叶子，使劲儿地在手掌上搓打，一股清甜的草味溢满了我的心间。

我们从沟底爬到山顶共经过了四个类别的林带，有的地方没有路，却没有一处没有水。即便是高山草甸的草棵子里，好些地方也都汪着水。诧异当中，我想到了这是多雨的夏季，想到了"山有多高水有多高"的俗话。

黑龙山一年内三季有冰，一季有雾，有哪一个季节会缺了水的浸润呢？

第三辑

美在民间

把"给人留饭"的美德放大

我国著名评剧表演艺术家新凤霞写过一篇文章，题目叫《给人留饭》，讲她年轻时不自觉地"一个人唱一台戏"，结果"打"了别人饭碗的经历。

那是一年临近春节的时候，新凤霞所在的戏班子中的大多数演员因为过年要提前回家，戏园财主为保证收入想出一个办法来，留下新凤霞和杨星星留守唱戏。可是，有一天杨星星突发高烧演不成戏了。戏园财主便摆出一副瞧不起人的神态问新凤霞怎么办，刚强好胜的新凤霞说："好钢用在刀刃上。"于是，她一个人唱一台戏，一连唱了好多天，不但没有误事而且"演红了"。

这样一来问题出来了，为了省钱，杨星星病愈后戏园财主也不再安排他演戏。不唱戏就不得钱，就像今天"下岗"一样。想必是杨星星托了人，这时候戏园里来了一个长者，他找到新凤霞说："唱主角的要想着四梁八柱，要想着缺了一架梁也要塌房啊！"开导她要"给人留饭"，并主动策划了适合新凤霞和杨星星两人共同演的剧目。新凤霞又找戏园财主说和，使杨星星重新回到舞台。杨星星能够演戏也就有了收入。

通过这件事情，新凤霞明白了，从自己"吃饱饭"到"给人留饭"，是艺人在人生道路上的一个进步。她由衷地说："自己吃饱了，得想着还有人饿着哪！"

那戏园财主在收入相当的情况下选择演员，自然是能用一个而不用两个，这是效益使然，即使今天也是不错的。但是杨星星呢？他不是不努力，只是因了无法抗拒的疾病丢了饭碗，当然也是无辜的。这就产生了矛盾，一种弱肉强食下的矛盾。在这样的背景下有资格"给人留饭"说明新凤霞是一个强者，而且是富有爱心的强者。一般地说，强者与同情心二者是难以兼备的，但新凤霞是个例外，她是一个善良的人！

读完《给人留饭》这篇文章我不禁掩卷凝思，感觉这则故事在今天仍有极强的现实意义，蕴涵着处理好公平与效率关系等诸多问题的新意。在新凤霞唱戏的时代，这一矛盾的最终解决靠的是新凤霞个人的力量，明显地带有随意性。倘若杨星星遇到的不是好心的新凤霞，那么他很有可能丢掉饭碗。

其实，自有人类社会以来，人们对既富裕又没有剥削的美好生活的追求一直也没停止过。只不过在以往的历史进程中，在生产力与生产关系、经济基础与上层建筑的矛盾中，效率和公平一直处于失衡的状态。即使现在我们也还不能完全避免这种失衡。但可喜的是，今天我们不仅有了避免这种失衡的自觉意识，而且还有了切实的社会干预。人类要过上美好生活，应该在以下两个方面做出持续不懈的努力，一是要建设比较高的物质文明以保证在社会生产中实现比较高的效率，并创造出尽可能多的社会财富。二是建设比较高的精神文明，通过社会制度的完善避免社会成员间财富占有的过分悬殊。最近，党中央明确提出统筹推进社会进步的思想，强调经济社会高质量发展，这必将促进效率和公平的有机统一，在加快社会进步的基础上实现人际关系的全面改善与提升。

"给人留饭"是一种道德行为。无论古人、今人乃至后人，只要人类存在，它都将作为一柄照路的火炬，不该熄灭。但是，如果游戏规则不变，"给人留饭"就只能停留在某些人的道德层面上，对整个社会的影响和改造作用无疑是有限的。在新的时代，我们学习新凤霞"给人留饭"的高贵品质，更为重要的是要在全社会建立起必要和有效的社会干预机制，在波澜壮阔的现代化建设事业中搭建更大的舞台，安排更多的角色，让更多的人端牢饭碗，这才是我们追求的更高目标！

蒲松龄故居的葛藤

蒲松龄故居院子并不大，个把钟头就转完了。看看房舍里摆着的旧物，读着墙壁上悬挂着介绍蒲松龄经历的文字和图片展板，我感觉并没有什么大收获。即使不来这儿，网上也有他的生平信息。要是买本介绍蒲松龄的书读读没准儿信息更丰富。可是事情就是这样，有投入总有产出。读万卷书重要，走万里路更重要。我千里迢迢地来到淄博淄川区，专为来看蒲松龄，最后证明还是来值了。原因是我在去后花园的甬路旁发现了一个景致。一块儿两米高的太湖石立在院里的路边，上面缠绕着几条葛藤。

旅游景点摆些太湖石很寻常。在别处见的时候我常常是一走而过。可是今天特别，我一看到它眼睛就亮了。瞅一会儿，再瞅一会儿，庭院里好多东西都开始虚化，像大海退潮一样退下去、再退下去。可那个枯藤缠绕着太湖石的景象却如从针眼儿里往外看东西一样强烈起来。在这种放大与退隐的过程中，我的心里生出了一种异样的感念，庆幸自己这次淄川之旅有了收获。

这块枯藤缠绕着的太湖石两米多高。摩挲起来，石是典型的太湖石，藤蔓也是通常的葛藤。藤蔓下部无根，上部没有枝叶。干枯，失了光鲜，却紧紧地抱着石头。藤蔓的长短无疑是比照那石头的高低截断的，没头没尾的。看得出来，这"藤缠石"的景致是后人从别的地方搬运而来。可以肯定，那葛藤活着的时候就与太湖石长在一起了。它们一路走来，石头还是原来的石头，可葛藤却走过了从生到死的历程，算是陪葬吗？想来心情有些沉重。我想，这株葛藤活着的时候一定枝叶繁茂，在春萌夏长中慢慢攀爬，最终占领了整个石头。曾几何时，葛藤蓬勃，覆盖着石头，那风景一定好看。可是现

在变了，石头裸露了棱角，葛藤也没了绿色。

这让我想起蒲松龄。他自小热衷功名，可科举却没有给他出路。去做"幕宾"吧，稗官微职，他又讨厌"无端而代人歌哭"的行径，惶惶辞幕，沮丧地回到蒲家庄。后来迫于生计他不停地在"缙绅人家"设帐教书，长工短聘，颠沛流离，最后西铺的毕家接待了他。

蒲松龄坐馆的毕家是个大地主。先祖在金元时期由河北迁居而来，本是普通农民，却一步一步发展成了淄川望族。明末崇祯朝时族中终于培养出一个叫毕自严的人，通过科举入官坐上了户部尚书的位置。毕氏一门明清两朝考中进士五人，举人数十人。清初，淄川县为褒奖毕氏家族曾在淄川城里竖立了两座石牌坊，一为"四世一品"，为毕自严及其父亲、祖父、曾祖所立；二为"三士同升"，为毕自严及其六弟、八弟所立。当时，这个官僚地主大家族与新城王士禛、淄川高珩、颜神孙廷铨、赵执信同为鲁中望族，关系很像《红楼梦》里上了"护官符"的贾、史、王、薛四大家族一般，互相联络，结为亲家。

蒲松龄在毕家坐馆并没有教出几个像样的学生，毕氏家族之后也不再辉煌。尽管这样，毕家照样供养蒲松龄。他在毕家三十多年，过着半是塾师半是师爷的生活。据说，蒲松龄不仅是毕家的先生，还是主人的好聊伴、好游侣和合格的秘书。他写文章措辞得体，情采俱现，深得主人赏识，多少次陪主人行走官府，文牍伺候；同时舞文弄墨，除《聊斋志异》以外他还创作了不少诗文，攀附着毕家这棵大树一直到老。应该说，蒲松龄在这样的人家教书算是高攀。

作为中国古代短篇小说之王的蒲松龄我是熟知的。他的《聊斋志异》"写鬼写妖高人一等，刺贪刺虐入骨三分"。狐哭鬼叫，声声泣血，道尽了人间百态。蒲松龄故居距离西铺七十多里。不知道有多少回，蒲松龄骑着毛驴往返在蒲家庄与西铺之间。青纱帐里、冰天雪地里头，他笃笃地赶着牲口走过。当然，所到之处他从没有忘记收集鬼狐故事。据说，《聊斋志异》里好多篇章都是他在西铺毕家坐馆时写成的。

这次我到淄博来专门看了毕自严故居，在了解了蒲松龄住毕家坐馆的情况后才回头游历了蒲松龄故居。这样算不算"逆旅"呢？不管"顺叙""倒叙"吧，反正这样走下来我倒觉得对追寻蒲松龄的人生道路有好处……

"毕氏荣华久已夷，绰然今日换新姿。千秋学馆名中外，不赖东家赖塾师。"山东理工大学赵尉芝先生参观西铺后曾经发出这样的感叹。诗以调侃的语气，说过去荣华富贵的毕府早已凋零破败，今日经过修葺的毕自严故居焕然一新，引来天南海北的人到这里参观。但是今天的人是来看这里的"绰然堂"和"石隐园"吗？显然不是。今天绝大多数的游客其实是冲着蒲松龄来的。

可谓世事难料。当年一个穷酸的教书匠，攀附在毕家这个高门楼儿下过活的蒲松龄，今天竟成了中国乃至世界文学史上一个不朽的经典，他的精神文化内涵虽然看不见摸不着，可有谁不觉得它已经固化成了一座高耸的丰碑？倒是那些外在的物质，金银财宝啊，高楼大厦啊，都已经夷为平地。今天我们看见"毕府"里的"绰然堂"和"石隐园"，难道不是因了依附蒲松龄这座丰碑而存在的吗？这是多么让人震惊的逆转——二百年攀附人家的葛藤今天成了寄主，过去被攀附着的寄主今天竟成了攀附旁人的载体或陪衬！

萧红，一根浓辣的青葱

临近呼兰城区的时候，同我一起从哈尔滨过来的朋友说："又修桥呢，这就是萧红《呼兰河传》里写的呼兰河。"顺着他指的方向望过去，我看到不算宽阔的河面上阳光斑驳，没有水流动的模样。远处高树翁郁，近处的蒲草落满灰尘。挖掘机正在工作，发出轰隆隆的声响。车速慢下来的时候，匆匆间我看了一眼两岸的风景。

走在广场上就看到了"萧红纪念馆"五个大字，站到门楼下才发现门楣上悬挂着"萧红故居"的横匾。走进院门，第一眼就看到了萧红汉白玉雕像。她身着旗袍，围着围巾，右手托腮，左手拿书，安闲地坐在一块石头上。咦，怎么感觉似曾相识？不能啊。想想明白了，见是见过，是在网上。回首再看门楼，背面也有一块匾，写的是"康疆逢吉"四个字。据说出自20世纪20年代黑龙江剿匪总司令、东北陆军十二旅中将旅长马占山之手。那是萧红祖父八十大寿庆典时，他前来祝寿并送来的，不难看出张家（萧红本姓张）曾经的地位和影响。

尽管在夏季，这处庭院却很清凉。站在院子当中放眼北望，榆树绿篱翠生生的很规整。甬道直对五间正房，青砖青瓦，外面是民居模样，里面也是民居摆设。东西屋里除了萧红的文物和照片外，全是过去家人用过的旧东西。地上有桌椅，桌上有胆瓶、座钟。炕上有火盆和躺箱。给我感觉清新的是后花园，栽了不少树，榆、柳、丁香，还有玫瑰。高矮不一，参差有致。最美的是菜园，一畦一畦的青菜，辣椒、茄子，还有青葱。畦埂上一株粉红色的大丽花开得正艳。——"那园里的蝴蝶，蚂蚱，蜻蜓，也许还是年年仍旧，也许现在完全荒凉了。小黄瓜，大倭瓜，也许还是年年地种着，也许现在根本没有了。那早晨的露珠是不是还落在花盆架上，那午间的太阳是不是还照着那大向日葵……"眼前的实景与《祖父的园子》里描写的情形应该差不多。

顺路左行经过一个葡萄棚廊，浓荫蔽日下走到西院儿，小偏房、磨坊、粉坊和牲口棚等，还有些房舍。沿着甬路走一圈儿又返回起点的时候，我才发现原来正房的四个柁关上钉着写有"吉、祥、如、意"的四块木板，这是我在其他地方没有见过的，便感觉新奇。这样做既能挡住柁关的木头，起美化作用，也有好的寓意。故居占地不小，却不显幽深，原因是纵向短，横向长。回味起来，唯后花园趣味儿浓些。

萧红我是熟知的。不光上大学的时候读过她的作品，这次临行前还特意上网查了她的事迹。我对萧红的总体印象是有些"个"。究竟怎么个"个"法却说不清楚。今天在她的故居里看着实景听着介绍，心头梳理着她短暂的一生，一个念头忽地产生，萧红的一生，有辣味儿，多煎熬，命运像青葱！

1911年6月1日，这座民居里一个女婴呱呱坠地。那时候她还不叫萧红，连张廼莹也不是。家人一定给她起了"小名儿"，可惜我不知道。本是喜事临门，可是孩子的父亲却怎么也高兴不起来。为什么呢？阴历五月初五，那不"破五"么！

这个女孩儿后来叫张廼莹了，本来衣食无忧，有小姐一样快乐的童年，却偏偏十岁那年死了母亲。肥沃的菜地里也不是没有苦秧子，出生在富裕之家的张廼莹也算得上苦孩子。父亲重视对女儿的培养，为她创造了良好的学习环境。十九岁的时候，在父亲安排下张廼莹到哈尔滨女中读书，本是盼龙盼凤的，可是事情总是福祸相依。放飞了的张廼莹接受新思想，性格不断独立，打小儿就有的反叛性格逐渐暴露出来。父亲惧怕她那不安分的性格越走越远，便为她订了婚。这时候的张廼莹认为父亲自私，是把她当礼物去与富贵交换。从来厌恶"父母之命，媒妁之言"的她毅然出逃北平，但因为资金困难很快又回来了。回来却不进家，在哈尔滨与一名纨绔子弟同居。这个男人据说很不负责任，在张廼莹怀了身孕的情况下竟找个理由溜了，还欠下一大笔食宿费不还。困顿在旅馆里的张廼莹艰难度日，终日徘徊在哈尔滨的街头，尽管寂寞窘困，却不愿屈服。她在《初冬》里写道："那样的家我是不能回去的，我不愿意接受和我站在两极端父亲的豢养……"可见当时她有多么反叛。父亲大怒，宣布开除她的祖籍，终生不许回家。从此，她和这里彻底决裂了。

1932年夏张廼莹的人生翻开新的一页。当时，没家没业的她一个人挺着大肚子困在哈尔滨的旅馆里。旅馆老板见她付不了钱，竟产生了把她卖到妓院里抵债的想法。万般无奈，她给《国际协报》去信求救，报社竟派出员工探望她。去的人是萧军，当时他看到张廼莹脸色苍白，神态疲惫，而且就要生孩子了。饥寒交迫中，她瑟缩着问："桌子可以吃吗？草褥子可以吃吗？"——《饿》。面对美丽聪慧的张廼莹，萧军向她伸出了援手，从此二人开始交往。巧的是那年秋天松花江堤坝决口，市区很多地方汪洋一片。张廼莹所在的旅馆一片混乱，人们各自逃生。在那个暴风雨的黑夜里萧军把她救了出来。后来二人顺理成章地走到了一起，患难中结为夫妻。再后来张廼莹在萧军的引领下蜕变成了一名文学新人，从一个文学爱好者变成了作家萧红。1933年冬，二十三岁的她在哈尔滨市立第一医院生下一名女孩。可悲的是，萧红和萧军的感情逐渐出现了问题。1938年，应朋友邀请，萧红和萧军等人从武昌到山西临汾，二人从此分手。

萧红去西安，不久与端木蕻良辗转武汉并在那里结婚。有人说，萧红从没有低头和屈服，我感觉实际情况不是这样。在与端木蕻良的婚礼上，萧红曾经说："掏肝剖肺地说，我和端木蕻良没有什么罗曼蒂克的恋爱史。是我在决定同三郎（萧军）永远分开的时候，我才发现了端木蕻良。我对端木蕻良没有什么过高的要求，我只想过正常的老百姓式的夫妻生活。没有争吵、没有打闹、没有不忠、没有讥笑，有的只是互相谅解、爱护、体贴……我深深感到，像我眼前这种状况的人，还要什么名分。可是端木却做了牺牲，就这一点我就感到十分满足了。"我记住了"像我眼前这种状况的人，还要什么名分"这句话，感觉此时的萧红已经有了向生活低头的倾向。她的一生先是毁在封建家长制的淫威之下，后来在闯荡中又付出了惨痛的代价。剥蚀、粉碎、煎熬……曾经多么鲜活的生命啊，年纪轻轻就萎谢、凋零了。

从十七八岁离家出走到去世，萧红在每个城市住过的时间都没超过一年，仅在上海就搬家七八次。1940 年，三十岁的萧红和端木蕻良同去香港。这时候她得了严重的肺病，咳嗽和失眠折磨着她，使她悲苦无望。1941 年底太平洋战争爆发，日军攻陷香港。萧红因为患病无法逃离，住在玛丽医院。1942 年 1 月，三十二岁的萧红住进跑马地医院，后又转入玛丽医院。二十二日上午十时，她在没有亲友陪伴的情况下与世长辞，走完了自己坎坷、动荡、奋争、毁灭的一生。死时，她才不到三十二岁。

走在萧红故居里，看着她小时候生活过的地方我思绪翻飞。萧红曾经反叛，曾经追求，曾经奋斗，说起来也算辉煌。她漂泊十年，起点北国、病逝南方。她和萧军生活在一起却生养了负心人的骨肉，她和端木蕻良结婚却怀着萧军的孩子。她的生活不检点吗？应该不是。可是开弓没有回头箭，萧红走的是一条反抗与被挤压的不归路，前途叵测的奇诡之路。这是人格错位？还是无奈的巧合？枷锁打碎的同时，自己也一同毁灭了。处在二十世纪那样的男权社会里做个刚烈的女强人谈何容易，但是折腾来折腾去，付出的代价实在太大了。

萧红最大的闪光点是文学创作，她用过悄吟、田娣等不少笔名，写出过《生死场》《呼兰河传》等名篇，被誉为"三十年代的文学洛神"。虽然她命运多舛，成就也算传奇。她的作品把人类的愚昧和改造国民的灵魂当作艺术追求，在对传统意识和文化心态的解剖中向着民主精神与个性意识发出深情的呼唤。面对她惨烈的命运，我曾经想过，她走了这样的路，难道是不惜用自己跌宕的人生做了一个实验？是不惜选择毁灭也要探索新生的途径？啊，这个被当代文论者命名为"20年代东北作家群"里最优秀作家的女性，谜团多多。

在故居后花园里听着友人声调低沉地介绍，加之先前我对萧红的了解，我感觉萧红活得实在是不容易。同时我也感觉滑稽，这个被她的父亲开除祖籍的人，现在却成了这个园子的主人。而当时颐指气使的父亲，今天却早已退居到故事的背后去了。萧红不愿意走进的家门，却被后人强行拉了回来。现在，她安静地坐在自家门楼的后面，略微低头。是在反思自己的人生吗？我注意到了萧红的眼睛，似乎还在张望着外面的世界！是否还在谋划着下一次的出走？

哦！园子里头花草树木青葱养眼，瓜果蔬菜也招人喜爱。萧红真像生长在东北黑土地上的一根青葱啊！辣辣的味道，剥皮、剁碎，还有下油锅翻炒煎炸的经历都像。还好，她最后总归散发过一股香气，缕缕散发，芬芳久远。

督亢亭下，我紧紧地攥过一把风

站在督亢亭下我阵阵激动，为古，也为今。

时令正是初夏，涿州大地田园如画。麦田里阳光透亮，深绿的锦缎里多有跳荡的斑点，我明白那是风与阳光在与麦子做游戏。正值花期的梨园一片雪海，只是离我们远，没有闻到芳香。成排的杨树包围着村庄，四境一派祥和。电机的马达声里农人俯身忙着，他们在给麦田浇水。高耸的牌楼，宽阔的街道，整齐的庭院，待到我们一行中有人在西何各庄街旁的健身器材上活动起来时，大家竟七嘴八舌地羡慕起了农村的生活。

村支书老娄带领我们参观，在督亢亭下热情地向大家介绍了在美丽乡村建设中全村改变面貌的过程，言语里充满着"涿州第一村"当家人的自豪。

督亢是战国七雄时燕国一个区域的名字，在今天的保定至廊坊市一带，被誉为膏腴之地。在那个荆轲刺秦王的事件中，"图穷匕首见"里的那张图就是督亢一带的版图。也就是从那会儿开始，督亢便写进了我们的历史。

不难想象后代燕人为什么要兴建督亢亭了。荆轲是为燕国而死的，督亢这名字承载着这片土地沉重的记忆。义士荆轲，从没被这里的人们遗忘。督亢亭应该多少回地颓废，多少回地修建过吧？现在竟连遗迹也找不到了，惹得今人生出了一堆的争议：固安人说在固安，涿州人说在涿州……这成了一桩无头案！争执不休，是非难定，原因是没有发现不存在争议的根据。争执无疑与利益相关：哪个地方有督亢亭的遗迹，哪个地方就会增加自身的文化底蕴，因此提高知名度并促进本地旅游经济的发展。

眼下我正站在涿州西何各庄村里的督亢亭下。它是美丽乡村建设中西何各庄出现的一个新建筑。它建在假山上，旁侧有一泓碧水。周围种了不少名贵的树木。金叶榆浅黄淡绿，紫叶李深沉稳重，最好看的是亭子旁边的蒙古栎，一丛三株，红彤彤的阳光照耀着，片片绿叶都泛着油亮的光。涿州多水，该是这里植物生机勃勃的原因。

看督亢亭需要仰视，赭红色的立柱，金黄色的瓦，雕梁画栋，工艺蛮好！据说造园建亭的依据是这一带有流传千载的"督亢秋成"传说。督亢是一片肥沃的平原，秋季一派丰收景象。正是因为这里地皮儿丰腴，年年都有好收成，才被秦王看上的，并一心据为己有，引发了要巧取豪夺的心思，及至后来，才出现了荆轲献图露出匕首的事情。

督亢虽然是平原沃野，却也免不了水旱灾害。据说这里旧时曾经是老百姓祈求老天爷保佑风调雨顺的地方。自从荆轲殉难，这里的人们怀念他、纪念他，祈天和祭人的举动逐渐重合，慢慢地形成了一个固定的祭祀之地。

眼前的亭子是新的，传说却古老。我心情激动无疑是因为荆轲。我多少次地读荆轲刺秦王那段历史，总感觉被蒙蔽的东西太多。娄书记说自己文化水平不高，但是嘴皮子很溜，说话就像"数来宝"："荆轲吃了督亢面，提着宝剑去易县……"心潮难抑时我便攥拳头，为荆轲的义，也为他的无奈，为他被人抬上去下不来的那种尴尬。

历史复杂，创造历史的人更复杂。秦人抢夺督亢，燕国派人行刺。大势所趋，最终连整个国家都被秦人吞并了。时间改变一切，今天在乎古督亢亭归属的人显然已经不是为了土地，而是它能给自己带来哪些实惠。不然，原本督亢版图内的几个地方争个什么劲呢？现在，一些地方挖掘历史资源建设仿古建筑往往不在意历史真实，修缮也不顾及行款格式，他们追求的不是继承和弘扬古人积极向善和敢于担当的精神，而是把古人当玩具，当奴仆，以开发的名义任意涂抹色彩。其行为不是无知，就是胸怀太过狭窄了吧？

我在华北大平原上行走的次数太多了，更在意大地上有没有古树，有什么古老的建筑。我发现，居住在华北大平原上的人们真的没有多么长远的打算。民房差不多三十年就要翻盖一次，村落和县城也不知道变动过多少回。我们这个时代连栽树的人都愿意选择那些速生的树种，恨不得一年栽树，二年乘凉，三年就能够卖钱。至于古迹，已经没有多少人太在意。这个时候我常常失望。河北算是文物古迹比较多的省份，有世人皆知的万里长城，有伴着民歌《小放牛》优美旋律走过来的赵州桥。满城汉墓挖掘出来的金镂玉衣引人瞩目，清东陵、清西陵和承德避暑山庄都还在迎接着四面八方的游客。尽管如此，比照众多的历史资源，我发现留存下来的东西实在是太少了。说九牛一毛如果过分，那说挂一漏万绝不夸张。历史留给我们的信息更多的来源于字纸，而看得见和摸得着的实物几乎是凤毛麟角。华北大平原上有多少处自然景观消失了？有多少处人文景观灰飞烟灭？多少个惊心动魄的战争场面被黄沙掩埋了？多少个历史故事被封存在了土丘下面？

　　所以，当我看到涿州市的西何各庄新建的督亢亭的时候会激动。多少个地方认为古督亢亭曾经建在自己的土地上，这不要紧。我想可以考证，用事实说话。如今美丽乡村建设热火朝天，像西何各庄这样凭借自身的文化资源建了新的督亢亭，我认为不是坏事，应该鼓励。不过我又觉得不该太过功利，把自己当作唯一，更不能亵渎历史。

　　离开涿州督亢亭那一刻我又攥了攥拳头，立时又感觉到冲动不好，旋即就松开了。深想一下，拳头攥得再紧，也不过是瞬间拥有过一股清风而已！

满架秋风眉豆花

　　红彤彤的朝阳倾泻下来，胡枝子和荆条围成的篱笆墙上光影斑驳。庭院菜园里的菜叶儿都湿漉漉的，瞅瞅它们，感觉空气清凉时我就知道今年第一场秋霜已经来了。长了脚的阳光在菜地上移动，明亮向前推进，暗地一寸寸退缩。当篱笆墙成为明暗分界线那一刻，攀爬在上面的"老婆子耳朵"的花穗逐一被阳光点燃，一穗又一穗的紫色火焰迅速燃烧。——我一直怀念这样静中有动的清晨，尽管已经过去几十年了，这梦境一般的景致还不时在我的脑海跳荡，让我再次回味儿时无忧无虑的时光。

　　"老婆子耳朵"花吸引人，可那时候我心眼儿里装的尽是玩儿。昨天傍晚从大豆地里捉来两只"绿驹子"蝈蝈儿我已经放在篱笆的豆秧上了，晚上一直叫。为什么管它们叫这名字我一直没理会，不知道过了多少年我再次想起时，感觉这样命名缘于它们的叫声与驴驹子有一拼。昨天我捉住它们又放了，起床后要做的第一件事就是去看看它们。原本还在叫，待我轻手轻脚走近时却偃旗息鼓了。我明白它们的把戏，目光在倭瓜和"老婆子耳朵"的藤蔓上搜寻，发现它们那一刻我满足地笑了。眼下，被霜露染过的豆秧汪着水儿，花穗儿却朵朵灿烂。这"老婆子耳朵"也和"绿驹子"一样是土名儿，依着习俗我一直这样叫，直到过了不惑之年在承德"外八庙"附近农家的菜园里我与它们重新相遇。见我一劲儿拍照，同伴儿走过来说眉豆今年又是丰收年。我知道它们的学名后惭愧自己孤陋寡闻，告诉同伴我老家的叫法与它们的形状有关。我俩交流一阵，认定它们的学名和俗称都源自它们的形象。弯弯的长相像眉眼，富于想象的人还能看得出眼影眼线。豆角儿是这样，颖间的小花儿也类似。娇嫩的花朵鼓鼓的，微风抖动中像美女在眨眼。

我喜欢早春的迎春花，那是因为它们让我感觉到温暖的春天来了；我喜欢夏天的牡丹和荷花，它们一个长在陆地一个开放在水中，硕大的花朵让我大饱眼福。不过真正让我销魂的却是秋天开放在农家篱笆上的眉豆花儿。尽管大千世界的花卉各美其美，但下霜后盛开的眉豆花最富生机。无论过去还是现在，但凡遇见它们那火焰般的紫色我就迈不开步儿。记得有一回我聚精会神地看"老婆子耳朵"花儿时母亲喊我：快点儿，用浅篮儿摘两把"老婆子耳朵"去。母亲的呼唤惊到了一门心思看花儿的我。打个沉儿后我瞄了一眼在堂屋里做早饭的母亲，知道她抽不开手时才会让我帮忙，于是急着转身，抓起晾在篱笆墙树枝上的白色柳条篮子，走到眉豆角儿密集的地方撕捋一阵。感觉足够时便"噔噔噔"地跑到堂屋灶台前给母亲"交作业"。

帮助母亲摘豆角其实我是不大情愿的，原因是我不大喜欢"老婆子耳朵"的味道。怎么说呢？简单说就是有点儿特殊的涩味儿。"谷雨前后种瓜点豆"时农家要种"地豆角"和"架豆角"，味道都好。与它们相比，眉豆角的口感要差一些。不过眉豆的好处是不占地，地盘儿是高处的墙头或篱笆，因此父亲每年都种。种眉豆不占用正经的菜地，只在篱笆下刨几个坑儿，丢进豆种踩实就好。按说眉豆和旁的蔬菜都是人工驯化的，可相对来说眉豆却有半野生的品性，基本不用施肥浇水。在春夏黄瓜、西红柿、茄子等大路蔬菜集中下货时眉豆却在慢慢生长藤蔓，基本没有产出。眉豆是单等大路货断档时才繁茂地生长，而且产量很高。那时候天气已经转凉，它们不失时机地登上人们的餐桌。

眉豆不是一个品种，我老家却只有开紫色花儿的一种。早饭母亲常做白薯面"格豆儿"（短面条儿），或蒸或煮，都要打卤。她把眉豆洗净切丝放进油锅，再放些豆瓣酱炒熟。偶尔放进黄色的倭瓜花曾经让我误以为是鸡蛋黄儿，本是有盼头解馋的，吃起来却感觉失望。不过这种卤子黄绿搭配，色彩鲜艳，能增进食欲，是那个饥馑年代里不错的饭食。

我对眉豆花儿的感情就是那时候培养起来的，眉豆花儿一颖数花，和紫薇、栾树的花穗类似，学术范儿的说法叫总状花序。水土肥沃，白露节气一过眉豆花儿开放得异常火爆，而且鲜艳。眉豆的紫色生机勃勃，看见它我总会眼睛放光。如今在城里住久了，每次见到眉豆我总会走过去，贪婪地用手掐下娇嫩的花朵揉搓几下放在鼻子底下闻。那一刻，吸纳了好几百天自然元素的草木清气立马让我陶醉。至于那不喜欢的味道随着年龄增长我也慢慢接受了。每每在早市上遇见眉豆我总会停下脚步。卖家一般都会看相，见我这样的人走近马上招呼："家里产的，不施化肥农药，买几斤呢？"往往不等我回答就开始往塑料袋里抓。这时候我总是欣然接受。

眉豆在我国好多地方都有种植，也就有不少土名儿。我老家管它们叫"老婆子耳朵"，京城和冀南一带唤作扁豆。清代学者查学礼有《扁豆花》一诗存世："碧水迢迢漾浅沙，几丛修竹野人家。最怜秋满疏篱外，带雨斜开扁豆花。"诗中扁豆指的就是眉豆。眉豆的叫法据说源自两广地区，因其称谓比扁豆更形象而为人喜爱，传播更广。眉豆尽管晚熟，却没有耽误走远，种植范围越来越广，追赶着光阴，用埋头生长证明自己顽强的生命力。

草木飘零的白露时节，我站在京城郊外的农舍前凝望爬满竹竿或铁架上的眉豆，藤蔓间一片片紫嫣让我泛起阵阵乡愁。经霜反而深绿的叶子，绚烂得让人心动的紫色花穗，一颖又一颖灰绿而饱满的豆荚总给我美的享受。尽管大部分植物开始收敛以至准备过冬了，可眉豆依旧不紧不慢地生长，供给人们时新蔬菜，用自己紫红的色彩绚烂出晚熟的诗意。

忍冬尚好

一

有个知识渊博的朋友尤爱历史，日前他知道我要去邯郸响堂山看石窟很激动地对我说："看看去吧，值得一看。"接着就骂起北齐那个"疯子家族"来，好像他与高齐王朝有深仇大恨一般，喋喋不休了好一阵。我明白，响堂山出名全在石窟，它是北齐王朝留下来的产物。去那里可以看历史，看佛教，也可以欣赏艺术。

从秦始皇到溥仪，我国历史上曾经产生过三百多位皇帝。他们中间有的贤明、有的昏庸，有的雄才大略、有的鼠目寸光，有的克勤克俭、有的荒淫无度。单说北齐王朝的几个皇帝，除了留下了骂名还留下了响堂山石窟。

北齐是我国南北朝时期北朝政权之一。那个把持东魏朝纲的高欢，据说其先人在河北这边犯法，辗转逃命到内蒙古包头落脚，最后成了一个鲜卑人。在那个分裂动荡的年月里他一路拼杀，一步步苦心经营，最终掌控了东魏朝廷，又一手策划让年仅 11 岁的皇家子弟元善见登基做了皇帝。高欢在东魏独揽朝纲十几年，临死前安排儿子高澄顶替自己做大将军。年轻气盛的高澄自然不把傀儡皇帝放在眼里，君臣各怀鬼胎，各自在心里筹划着如何废了对方，掰手腕儿似的较劲。偏巧儿高澄被自己家里一个厨子杀了，不然指不定会发生多么惨烈的事。该是东魏王朝气数尽了，高澄没有篡权，他的弟弟高洋却做成了。公元 550 年，经过一番策划高洋夺了东魏孝静帝元善见的君权自己做了皇帝。

北齐建立之初高洋整顿吏治，训练军队，多次出兵攻打柔然、契丹和高丽等国，每次都大获全胜。他重视法制建设，任用汉人杨愔对前朝律令删繁就简，形成新的律令颁布实施。大力发展农业、盐铁业、制瓷业，经济实力不断增强。他的继任者实行和不断完善均田制，鲜卑贵族和汉人官僚逐步成为平原大地主，阶级矛盾固然尖锐，各民族间融合趋势却有所加深，出现了经济稳定发展的向好局面。

打下天下就要青史留名，就要建设档案馆和纪念馆，想必响堂山石窟就有这样的意义吧！

二

响堂山旧称鼓山，民间留下不少传说，山中"有石二，状如鼓形，南北相当。"还有"南鼓、北鼓，相去十五"的说法。登响堂的山石板路旁长满绿树，在山下仰望山坡见到白花花的以为没有树，到了山上才感觉到它们很茂密。行走在山腰的石窟间，最浓重的色彩当属佛雕。据历史记载，北齐时全国寺院有四万余所，首都邺城占十分之一，可见佛教在北齐的发达。为了供奉佛教北齐每年要从国库拨出三分之一的资财，在全国实行"僧祇户""浮图户"制。寺院掌控大量土地，而且不用向国家缴纳赋税。优惠的政策也调动了豪强士族奉佛的积极性，官办、民办都有。南响堂山石窟就是一位大臣自己出资修建，自建自管。豪族大户自己建庙供养沙弥也不在少数。朝廷专门设立"沙门统"掌管全国僧尼。地方设立"州统、州都、畿郡都统、郡维那"等僧官制度，与从朝廷到地方的俗官制度一样有一套完整的管理体系，这在我国佛教史上非常少见。

一个问题一直在脑际纠缠，大动荡的南北朝时期为什么一些嗜血成性的人反倒是佛教徒？不知道他们内心是怎样实现了二者的平衡？西方有过宗教战争，那是教派对异己力量的屠杀，但是中国没有这回事。无论信不信教，

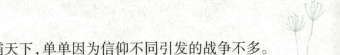

他们拿起武器的目的无疑都是称霸天下，单单因为信仰不同引发的战争不多。就拿北齐王朝的奠基人高欢来说，他戎马一生杀人无数却是一个佛教徒，可见知与行好多时候并不能很好地融合。高欢幼年时一定是跟从家长入教，大道理无疑是要寻求心灵安妥，相信做好事做善事死后会往生极乐世界。及至成人，他看到我不杀你你必杀我的冷酷现实，在人人认可"成者英雄败者寇"的情况下，他秉持的宗教观能不畸形么！未见高欢声明放弃信仰，杀人却成了他实现梦想的必经之途。曾欣然地做了《高王观世音经》，直截了当地说"释迦牟尼佛是天上的王，我是地上的王。"在他的心里，他与释迦牟尼各自分管天上和地上两个不同领域，地位平起平坐。无疑，高欢和他的后代奉佛的终极目的具有本土特色。他用佛对老百姓洗脑，然后高举佛的旗帜安抚生灵号令天下。在长久动荡中，老百姓想必也渴望海市蜃楼成为现实，加之入了佛门的有免税等实际的利益，于是便狂风吹拂草地一般乐颠颠地向佛陀低下头去。高欢掌管天下，出家与在家自是一家，这样一来高家与佛家也就成了一家。石窟里一尊又一尊大大小小的佛也就成了他们的代表，石窟自然也就成了高家的档案馆和纪念馆。

三

　　北齐第一位皇帝高洋是高欢的次子，活了三十三岁，做了十年皇帝。资料记载高洋整天饮酒作乐，有时披头散发，穿奇装异服出入皇庭。有时赤身裸体，涂脂抹粉，状如疯魔。他经常去街市游荡，随意闯入百姓家里调戏妇女。下令将魏朝宗室三千多人不论老幼全部杀死，将尸体扔进漳河里喂鱼。漳河里的鱼儿像人间过年过节一般扑棱棱地抢食人肉，每一条都吃得肚子滚圆。人们吃鱼时剖开鱼腹看见里头尽是指甲，吓得浑身起鸡皮疙瘩，一时不敢吃鱼。

　　第三位皇帝高演是高欢的第六个儿子，登基后对内政外交进行一系列改革，实行均田制，使蔓延河北等地的粮荒得到缓解。他算得上一位不错的皇帝，不过，他最大的污点是在杀了年仅 16 岁的侄子高殷后，自己取而代之。在位一年因为骑马打猎摔伤病死。

第四位皇帝高湛是高欢的第九个儿子。他做皇帝后非要逼迫嫂子李氏委身自己。李氏不肯就范骂他禽兽，他竟以杀她儿子相要挟。李氏知道高家人的变态脾气只好含泪屈从。后来李氏生了一个女儿，她自感羞愧偷着把孩子弄死，这件事惹得高湛暴跳如雷，随即当着李氏的面杀了她儿子，又将李氏装进布袋扔进水池。高湛走后宫人赶紧把李氏打捞上来，偷偷送到寺院做了尼姑。高湛残暴荒淫，导致政纲混乱，怨声载道。为了防止别人篡位也为自己腾出更多时间纵情享受，28 岁的他就将皇权禅位给了太子高纬，自己去当太上皇了。由于淫乱无度，没有几个月就把自己身体折腾垮一命呜呼了。

从他爹手里接过接力棒的高纬是北齐第五位皇帝。这位在奸臣弄权、荒淫残暴环境中长大的人出于污泥染于污泥，10 岁继位的他一定看透了朝不保夕的残酷现实，无视朝纲混乱、国力衰败的危机，自称"无愁天子"，平日以谱曲为乐，抱着琵琶自弹自唱。这个标准的纨绔子弟异常好色，本来有三位皇后，他却独宠皇后穆氏的侍婢冯小怜，两人如胶似漆，连上朝与大臣议事也要抱着。一次北齐和北周军队打仗，前方传来战报，高纬不做战事安排，竟无耻地说只要冯小怜无恙战事胜败无妨。公元 577 年北周大军攻打邺城时，高纬一看大势已去，便学着父亲的样子把皇位禅让给年仅七岁的太子高恒，之后他带着皇室一干人匆忙离开邺城渡河东逃。没过几天，又匆忙命幼主禅位给高湝。兵荒马乱，闹剧一出接着一出。最后他们被北周将士擒获，连同宗室人等一并押赴长安全部杀死，自此北齐灭国。

四

南北朝时期是人的恶性最泛滥的时期，每次谈起都让人感觉压抑，高欢家族就是一群野蛮暴徒。他们踩着尸体建立血腥王朝，后世子孙弑君杀亲荒淫纵欲，用宠幸过女人的腿骨做成乐器在宴会上弹唱，在朝堂之上一言不合就举刀杀人，禽兽行为罄竹难书，堪称魔鬼。

他们的所作所为让人唾弃，让人费解。那么有没有可以理解的原因呢？高欢戎马一生所向披靡，有胜利后大碗喝酒、大块吃肉的酣畅淋漓，也有败北歇兵，无能为力的仰天长叹。历史记载，高欢与西魏军队争战战败时曾让斛律金歌唱北朝乐府民歌《敕勒歌》鼓舞士气。

敕勒川，阴山下，天似穹庐，笼盖四野。

天苍苍，野茫茫，风吹草低见牛羊。

这是《敕勒歌》最早的记载。我上大学用的辅助教材里对这首诗有注释，据说现在我们看到的汉语文字是南北朝时由鲜卑语翻译过来的，用汉语朗诵倍感苍茫，也不知道用鲜卑语的长调歌唱该有多么雄浑悠扬？

打天下时兢兢业业，成功后就骄奢淫逸，这是北齐的兴亡写照。在那个狼烟四起的时代，高欢从一介寒门子弟成为手握朝纲的重臣，他的儿子中有三位先后做皇帝，按说该是一个成功的家族。可他们却做出了那么多让人不齿的事情，最后人亡政息，不能不让人扼腕感慨。行走在响堂山的石窟中不停地思忖，缺乏大格局又只会凶杀斗狠的一个政治集团，短短27年六位皇帝频繁换位堪称奇葩。他们性情无常，动辄反目，把恶的人性演绎得淋漓尽致。他们的结局与其家族人性暴虐有关，自然也与那个兴亡无常的大环境有关。打下天下的上层精英怀着"今日有酒今日醉"的心思得过且过，一个朝廷，一个社会浑浑噩噩也就不足为怪了。让人略感欣慰的是北齐的经济还不错，或许地处华北平原土地肥沃，或许文明发达，农业、手工业、制瓷业的繁荣，尽管朝廷里杀伐不断，社会整体上还算稳定，响堂山石窟能顺利开凿必定有经济支撑，可朝廷的政治并不清明，世界的复杂，它算得上一个佐证。

五

这次游历响堂山较之以前收获多多，旅游公司在景区里修了新路，山下建了不少亭台楼阁。特别是创设的实景剧《兰陵王》还原了一段冷兵器时代马战的精彩。千年之后演绎北周与北齐的争斗依旧惊心动魄。他们的征战没有正义与邪恶的区别，每一场鏖战都不过是不同政治集团之间杀伐而已。中华民族的历史洪流浩浩荡荡，一掬浪花，足见民族融合的进程。

尽管屡遭破坏，依旧能看出响堂山石窟佛像优美的造型，佛龛和石碑的庄重敦厚。可惜那些佛陀造像差不多都被砸过，最惨的是佛头。"打人不打脸"的俗话在这里得到了反证，砸佛就砸头，打人就打脸。面对一尊又一尊残破的造像多少人叹息着。为什么？讨厌那无端的微笑吗？那样让人不齿的王朝佛陀笑从何来？

响堂山石窟的开凿无疑有高齐家族对自己陵寝的安排，导游对高欢陵寝的指认就是证明。帝家陵寝与佛家档案集聚一山，盼着万世永存，可结果却缺胳膊断腿，面目全非。多少次灭佛，多少次打砸，佛，还有艺术、历史一次次地成了后人的出气筒！

我在浏览着那些佛像佛龛时，深深被它的艺术美所吸引。在欣赏之余也在思考着北齐那段并不光彩的历史，所有过目的景致里最后登场的是忍冬花儿，它们雕刻在石窟的门楣、门框和立柱上，花瓣细腻，弯曲有力，像展翅欲飞的鸟儿一样生动。即便过去了一千四百多年，它们还是那样栩栩如生。

装满了北齐历史的响堂山石窟，忍冬最美。

阿角朋

有人写诗这样介绍高德荣："如果你到过独龙江，可能一转弯就能碰上他；如果在山道上遇见，谁也不会多看他一眼。但我并不失望，因为他让我重新审视了人生：一个人的高大，真不在身材或者着装。"

我喜欢这首诗，朴实的诗句很好地诠释了一位奋斗者的生命价值，生动描摹了作为"人民楷模"和"最美奋斗者"的榜样风采。老百姓亲切地喊他"老县长"，在任时他尽职尽责，退休后仍奔走在乡村振兴的行列里带动农民增收致富。

他，就是云南省怒江州人大常委会原副主任，退休后留任州委独龙江率先脱贫工作领导小组副组长的高德荣。

高德荣1954年3月出生在云南省贡山独龙族怒族自治县独龙乡巴坡村。独龙江西岸的高山叫担当力卡山，一座中国与缅甸的界山。山的东面是中国，西面是缅甸。担当力卡山与高黎贡山两山间流淌着独龙江。以这条江命名的独龙乡是全国唯一的独龙族聚居地，只有四千多口人。独龙族人口少，被称为"少数民族中的少数民族"。因境内地质板块活跃，雨季长达半年，经常发生泥石流和雪崩。这里峡谷阴湿，交通闭塞，人们长期过着近似原始社会的生活。

巴坡是大山里的一个普通村寨，高德荣在这里的垛木房里出生。整个少年阶段经受深山峡谷里的风霜雨雪，他很小就学会了叉鱼、砍柴、编竹篾等各种技能。由于家境贫寒，他12岁才上小学。他是不幸的，上学太晚了；他又是幸运的，在懂得生活艰辛后才上学使他倍加珍惜读书的机会。1972年，高德荣获得了去怒江师范学校上学的机会。学校的伙食比家里好多了，高德荣非常满足。他热爱校园生活，学习认真，老师们认定他是一棵好苗子，毕业时他被安排留校，担任了校团委书记。青年工作的经历使高德荣日渐成熟，他适应了城市生活，可在这繁华城市生活高德荣并不怎么快乐，夜里经常梦见老家的垛木房，梦见不识字的爷爷弯腰做农活儿，更多的是赶上荒年愁眉不展的乡亲。一定是独龙江打在他心里的印记太深了，视野的开阔反倒激发他总是惦记家乡，慢慢产生了调回家乡的情愫。当他离开独龙江七年之际，在外人眼里各方面顺风顺水的他竟冷不丁地向学校领导提出要回到独龙江去的想法。

组织直接把他安排在巴坡小学任教，那是他上小学的地方，了解它的落后和困难，自然谈不上失落。倒是责任和使命驱赶着他拼命工作，他推动校舍改造，规范教学实践，劝说辍学的孩子重返校园，浑身有使不完的劲儿。他的努力得到了领导和乡亲们的认可。

偏巧儿那会儿发生了一件事，国家出台选拔优秀知识分子到重要岗位任职的政策。1984年3月他被组织任命为独龙江区副区长，上任不久他光荣入党。1988年担任独龙江乡乡长，寨子里的熟人跟高德荣调侃："你这回荣归故里哦！"高德荣明白他们的心思，他告诉大家："哪里是什么荣归！官当得再大，如果自己的同胞还穷得衣服都穿不起，别人照样笑话你。"

在调查摸底基础上，他给各村寨下达了造林任务，在森林出现"天窗"的地方植树造林。当年部署，第二年全乡的荒山就披上了绿装。为撬动经济发展，高德荣多次到州府和省城争取项目。他们利用丰富的林草资源，在上级畜牧专家指导下动员族人饲养独龙牛和黄山羊，逐渐发展成产业。如今一头独龙牛售价万元上下，不少人靠养殖脱贫了。

独龙族遗留着原始社会落后的生产和生活方式，年岁大的人全是文盲半文盲，大部分人听不懂普通话。搞教育工作出身的高德荣明白，独龙江贫穷落后的根子在文化素质低，必须抓教育。从 1998 年开始，独龙江乡结合上级教育部门的部署谋划兴办夜校。经过几年努力培训，独龙江人的文化水平有所提高，为后来的信息化建设打下了一定基础。

特殊的地理和交通环境导致独龙江地区在省内和国内长期处于落后地位。里边的人难出来，外面的人难进去，就是云南本地的官员来的也很少。高德荣决心改变这种局面，他多次到上级争取项目，走过几次后他发现效果不好。思来想去，他们提出用形象立体的图画反映独龙族贫困落后的现状，发动能写会画的老师学生创作绘画作品。那是一些怎样的画作？直白地说那些土画家的作品就是一个个独龙江故事：孩子们在四面漏风的茅屋里读书，生病老人在病榻上痛苦呻吟，波涛汹涌的独龙江上摇摇欲坠的藤条溜索，原始森林里的"蛇路鸟道"，独龙族世代居住的垛木房……当这些原生态的生活场景摆在各级领导面前时，他们动容动情了，有了触动，有了感动，更有了行动。独龙江乡获得了上级 350 万元的资金支持。此后独龙江乡政府用这笔钱扩建了卫生院和中心学校，还新建了一座小型电站和四座人马吊桥，初步改善了全乡的基础设施，解决了独龙江乡老百姓看病难、学校设施简陋和交通落后等民生问题。

高德荣打小儿就崇拜阿角朋。炭火通红的火塘边，独龙江畔的浓荫下，父老乡亲讲述阿角朋的故事早已刻在他幼小的心上了。1993 年 8 月组织任命高德荣为云南省贡山县人民政府副县长，1998 年 8 月他担任贡山县人大常委会主任。2001 年 8 月至 2006 年 2 月他挑起贡山县人民政府县长的重担。十三年时间里他一步一个台阶，担子一次比一次重。

2006 年早春二月高德荣当选为怒江州人大常委会副主任。他服从组织分配到州府所在地六库工作生活。坐在宽敞的办公室里，高德荣却感觉不自在。没多久他再次"犯神经"，在给上级打的报告中说：请允许我把办公室搬到独龙江乡吧。那里的同胞还没有脱贫，独龙族是祖国五十六朵花中的一朵，再不加快发展脚步在全国全面建成小康社会进程中就要落伍、掉队了，那是给祖国母亲抹黑！"妻子马秀英这回没有顺从他，护士出身的她劝高德荣慎重："忘了年岁？一身的毛病需要好好调理了。"高德荣跟她说："人活着就要做点实事，不然生命还有啥意义？"多少次争辩后马秀英感觉到丈夫的苦衷——他不适应州政府机关里相对"虚"的工作，他喜欢做实事。干吗要为难他呢。

他再次回到贡山县，有人喊他老主任，有人喊他老县长，无论叫什么，高德荣都是笑笑，之后就风尘仆仆地去忙他的事。他整日里忙忙叨叨，究竟做了什么呢？那里的人告诉我，说起他做的事情几天几夜我们都说不完。我问他们，如果只说一件事呢？见我这样问，人们说，如果只说一件事那就是脱贫。2010 年云南省启动独龙江整乡推进，整族帮扶工作。高德荣被任命为独龙江整乡推进整族帮扶综合发展工作领导小组副组长。高德荣不善言辞，让人记住的话大多不是来自会议，而是工作时顺嘴说的。他说"唱功好不如做功好"，"一大堆计划不如做一件实事"，"干部是用身影指挥人，不是用声音指挥人"。

……

阿角朋是独龙族的英雄。他武艺高强，力大无比，本事无人匹敌。他到哪里能给那里带来光明，能给那里的人带来幸福。他勇敢又勤劳，能在荆棘中开辟出肥沃的土地，播种庄稼年年丰收。

悲壮的是"阿角朋"为了族人累死了，最后他融入了大地。可喜的是高德荣今天依旧在为独龙族人和贡山县乡村振兴的事业奔波。

他是一个了不起的人物，是新时代独龙族人眼里的阿角朋。

第四辑

风沙从树梢上吹过

一位同沙漠讲和的老人

眼下石述柱正站在我的面前，他个头儿不高，腰身有些佝偻。深蓝色竖条纹衬衣像挂在他那凸突的肩背上一样，黑裤子也显得很肥大。他微微喘息着让座让茶，在简短的交流中我觉察到了他的病态。身体消瘦，脸色潮红，目光散淡。

他和我谈的最多话题是与沙漠争斗的故事，沙漠曾经侵袭他的家园，他努力苦斗压沙。一个向前推进，一个奋力阻挡。故事多多，核心内容只有两个字：治沙。

20世纪50年代石述柱十四五岁时，知道生活不易的光景里，他心里就埋下了痛恨沙暴的种子。沙暴强大得像魔鬼，黑风下来，像一堵接天的黄色高墙从北面压过来。又像一队战阵，所到之处横冲直撞，瞬间吞没村庄，吞没田野，周遭噼啪怪响，让人想到世界末日。人们四处躲藏，大人呼喊孩子，孩子哭叫妈妈，无论田间、街道，人们赶紧找个背风地方猫腰、闭眼、捂耳朵。黑风过后爬起来，满嘴沙子。抖落衣服，脚下又增厚一层黄沙。看看田里的玉米、小麦，埋的埋、压的压，一片狼藉。

面对风沙肆虐的田野，父亲总是愁眉苦脸："这可怎么活人啊！"

母亲的习惯动作是抹眼泪儿。抹过一阵便拉扯着孩子同父亲下地干活。一家人在田地里蹲着、跪着、趴着，用手一棵一棵地把庄稼根部的沙子扒走。一棵一棵、一垄一垄，一家人在庄稼地里挪动。实在累的时候才站起来伸伸腰。望着满眼的黄沙，抬头瞅瞅沙暴过后的苍天，父亲不止一次地感叹："老天爷啊，你睁睁眼吧，别再一个劲地刮黑风了！"

年幼的石述柱起初很害怕沙尘暴，比怕大人告诉他的鬼怪更甚。随着年龄增长，他开始痛恨沙尘暴，把它视为仇敌，及至血气方刚不信邪的年龄又产生了要同沙尘暴较量一番的念头。他说："我要豁出一辈子治住沙患！"他请求村领导牵头成立了青年治沙突击队，提出用三年时间把村里裸露的沙荒地全部绿化。他的口号一提出，村里那些习惯了逆来顺受的人个个嗤之以鼻。有一个爱说话的人当着石述柱的面儿说："就你，想和黑风对着干？哈哈！你能办成这件事我在手心里烤头骆驼给你吃！"

更多的人则是存着观望的心思不说话，心底里认定一个嘴巴没毛办事不牢的年轻人不过三分钟热度，玩玩花活儿，不可太认真。

石述柱听了这样瞧不起人的话气得脸红脖子粗。他狠狠地盯着那个说怪话儿的人反驳："不治理怎能知道结果？在墙根晒太阳能干成个啥？你们就等着我们胜利的消息吧。"

石述柱就这样背负着赌气的冲动走进了村东的大沙河。1955 年春天他带领三十余名青年在这里平整沙包，插风墙，种红柳，栽白杨。人们看后不无嘲讽地说，像个干事的样子，就是不知道树能不能活。

结果正如说泄气话的人料想的那样，秋后发现石述柱他们栽种的树全都死了。不少女子看后哭红了眼，而那个和他打赌的人却自信地笑了。石述柱他们不气馁，分析查找原因，认定死亡原因是栽植后浇水不够造成的。

第二年他们除在大沙河继续造林外，又到村南的张家大滩栽植红柳和沙棘。这回他们重视浇水了，栽植后几次用牛车拉水浇树。当年成活不错，可第二年春天大风刮的时间太长，张家大滩的苗木从上到下逐步抽条，最后又全军覆没了。

可喜的是这一年在大沙河栽植的白杨树活了二十余亩。望着二十多亩绿油油的小杨树，石述柱笑了。那些和他较劲的人也笑了："这刚哪儿到哪儿啊！现在就说成功？早了点儿！"

石述柱气得不行，对那人说："你怎么尽长沙害的威风？"

那人也不示弱："你不看看，左右都是沙漠，多大的威力啊？"

石述柱看出来了，他要做的事情不仅仅要同沙漠和黑风较量，更主要的是要与懒惰不作为的习气较量。

扭转乾坤的第一个转机发生在1963年9月。这时候石述柱担任村里的党支部书记，有了发动群众的权利，也有了动用村里公共资源的能力。他做的第一个决策是在村西的杨红庄滩建设集体林场，举全村之力搞造林会战。决策确定后男女老少一起行动，人们带上炒面和干馍，挖井取水、平沙造林，一场大规模压沙造林开始了。旁的不说，单说为了完成任务，那些女社员们竟想出了骗孩子在来路上的沙窝里玩耍的主意。孩子们开始玩得挺欢，饿的时候又哭又喊。于是大孩子带着小孩子在沙滩上连滚带爬地跋涉，需要一段时间才能到达大人们干活的地方，她们就用这种办法拉开时间差抢着干活儿。

最根本的转机发生在甘肃省治沙站成立的时候。这个专门研究治沙的科研单位建在民勤县，离石述柱所在的宋和村不远。在治沙道路上苦苦摸索着前进的石述柱听到消息后高兴坏了，他跑过去请专家到村里做指导。专家来了，指出了他们采用黏土沙障压沙的短处，指导他们改用草格沙障压沙造林。村里人看到石述柱请高人的法子靠谱儿，坚定了信心。林场造林取得了成功，在风沙最严重的村西头儿建起了一道绿色屏障。过去年年向前推进的沙漠自此停下了脚步。

我问石述柱，荒漠化的趋势在你们村遏止住了？

"我们民勤全县都在治沙，或许是大环境有改变，我们宋和村只是其中一部分。"

"那个要给你在手心里烤骆驼吃的人现在还和你较劲吗？"

"那个老人早死了。"石述柱的妻子刘桂兰接过话茬说，"可惜他没有过上今天的好日子！"说完，她微微笑了一下。

"你现在还怨恨沙漠吗？"

"现在我们宋和的沙荒地都固住了。我和它早就讲和了！人有人道，水有水道，沙有沙道。由于我们改变了自己的生产生活方式，关井压田促进水位上升，植树造林增加了植被盖度，一度疯狂侵袭我们的沙漠温顺多了。现在我明白了，沙尘暴危害很大程度上是我们自毁家园造成的。"

"你们采取了什么措施？"

"办法实际上是尊重自然规律，顺应沙漠的特点做事情。我们在沙窝窝里按70厘米乘70厘米的标准用麦草做网格，中间栽植梭梭等树木，同步解决了固沙和蓄水两个问题。"

石述柱老人喘口气继续说："上年岁后我老琢磨这件事。我们的核心技术叫'母亲抱娃娃'。啥意思呢？在沙地上做成网格，再在网格中间栽树，如同母亲怀抱着自己的孩子。草格中的小树苗儿得到沙障庇护慢慢长大，几年后就成林了。"

从石述柱那虽然散淡却慈祥的目光里，从他那略略的喘息声里，我感受到了老人的慈爱与睿智。

"这么多年在沙漠里摸爬滚打，现在我和沙漠已经和解。我不再怨恨它，反倒常常想到它带给我们的种种好处。"

"好处？不是提起沙漠就指责它的危害吗？"

"也不光是危害。沙子对于我们这些生活在沙漠边缘上的人来说也有不少好处！过去我们穷得连炕席都没得铺，便在炕上铺沙子，沙子既是炕席又当褥子。沙区缺水，人们就用干净沙子洗碗，搓筷子。沙窝窝还是孩子们的乐园，藏猫猫，捉小动物，很有趣。现在我年岁大了，越来越感到沙子有不少可爱的地方。沙子本身不可怕，怕的是我们自己贪得无厌，穷兵黩武地搞开发，沙漠植被连根拔起，没有节制地打井。一个地方人口的承载力有限，过度养殖，胡乱掘井种田导致水位下降，荒漠化才不断加重了。"

去县城拜访石述柱之前我先去走访了宋和村。民勤县本是绿洲，生态地位十分重要。在它的周围腾格里和巴丹吉林两大沙漠正在靠拢，两个恶魔一旦连接起来后果不堪设想。民勤县如同楔子一样插在两大沙漠中间，坚强地阻挡着它们贯通，宋和村就是这个楔子的一部分。石述柱几十年与沙漠抗争，从中摸索出一条压井、造林的有效途径。压井促进了水位逐年提高，造林有利于沙荒地表的稳定。

如今石述柱常常回顾自己一生同沙荒苦斗的经历，偶尔想起那个要在手心里给他烤骆驼吃的人，想起来就笑一回。他还常常回忆一生治沙的酸甜苦辣，感觉无怨无悔。他深情地告诉我，同沙漠讲和不是不作为，而是要尊重自然，和谐共处。

回来的路上我对石述柱的转变想了很久。我想他是对的，生活在沙区的人们自觉与沙漠建立和谐关系的思想在升华。

喜欢和牧民交朋友的巴扎尔

塔巴拉克·巴扎尔是一个快乐的哈萨克。他喜欢弹奏冬不拉，更喜欢和牧民交朋友，这两项爱好让他的日子很快活。

巴扎尔 1963 年出生在奇台县的吉布库牧场。他的父亲是一名兽医，医术不错，冬不拉弹得好。巴扎尔打小儿看到父亲叮叮咚咚地弹奏冬不拉，很是羡慕，耳濡目染，慢慢掌握了弹奏技巧。母亲是家庭妇女，养育了他们兄弟四人、姐妹三人。哈萨克大家庭的和谐生活让巴扎尔很阳光，他能歌善舞，最喜欢用冬不拉弹奏《黑走马》。不过，他并没有做与文艺相关的工作。1983 年他应征入伍，三年后转业到奇台县糖厂工作。后来"国企改制"职工分流，整天为安置工作奔忙的他长时间都不再接触冬不拉，挂在墙上都落满了灰尘。演技自然没有长进，一直停留在业余水平。1997 年他的人生命运有了一次大的转折，经过努力他成了奇台县林场的一名护林员。工作安定后他重新拾起冬不拉，时不时地弹几曲。

做护林员二十多年了，负责农牧交错地带的山场，巴扎尔与牧民没有发生过一次矛盾。工作顺风顺水，收入越来越高。提起现在的生活他非常满足。我俩聊天，他说好日子来自好人缘，最根本的原因是朋友捧场。

"夏季最忙，牧民上山放牧，半年时间在山里。"

问他巡护的山林面积有多大，他竟不假思索，一下子说到个位数："七万一千九百三十九亩。"

我说大数儿就七万亩呗。听后他竟摇起头来，一副不认可的表情："七一九三九么！"再次强调后瞅着我，可见他有多较真儿。

他说："我巡护的林场同时也是牧民的牧场。"

我愣了一下，随口问他："那不乱套吗？一山二主。"

"也不能那么说，反正好多事情说不清。即使说得清，做起来也不是非你即我。我管护的七万一千九百三十九亩的区域内坐落着塔塔尔乡二队，四十家子，一百六十口牧民，哪个家庭不养几百只羊啊？还有几匹马、几头牛，他们能不进山吗？"

"哦，我听说过塔塔尔族，是全国人数最少的民族。"

"唯一的塔塔尔民族乡就在我管护的区域，他们祖祖辈辈在这儿放牧，传宗接代。"

长长的白杨河的河套里生长着数不清的老白杨树，一株一株，千姿百态。估摸它们树干的粗细，胸径大都在两米以上。看着那些树瘤突起和枝丫老迈的形状，我想到过八仙过海的群像，想到过《水浒传》聚义厅上醉酒的梁山好汉。一川古树林里，我和已经五十五岁的老哈萨克巴扎尔谈了不少他巡护山林的事情。他没有夸大工作难度，甚至把巡山说得很轻松。想想他说话的关键词，简单说是三个字——交朋友。往多里说是六个字——和牧民交朋友。

一个人无论职务多高，负责的工作多么重要，如果他能把旁人眼里头疼棘手的事情做简单，他一定是个能人。在我看来，巴扎尔就是这样的能人。他做事有四两拨千斤的能力，不少人嘴上喋喋不休的林牧矛盾，好些人难以处理的各种纠纷，他做得都轻松自如。

"一直有矛盾，怎么做朋友？"我靠在一棵巨无霸老杨树的树干上询问他。

"掏心窝子。还有对他好。"他话不多，说完了瞅着我。一时间我发现他的眼睛虽小，却不时流露出一种狡黠的神态。其时我在认真地琢磨着，他那宽大的脑门子里究竟装着多少智慧呢？

"你交哪个朋友了？"

他眨了眨眼，还冲着背我的方向扭了一下头。回头时上下嘴唇连同下巴同步地左右移动，之后才张嘴说道："哪个朋友？——塔塔尔二队四十家子都是我朋友！"

"都是？那还不跟没朋友一样？"我故意搞怪，笑着回应他。

他是一个牛一样壮实的哈萨克，精力充沛，眼神锐利。或许没有想到一个远来的陌生人会这样向他提问。简短停顿的当口儿，我注意到他的左耳朵动了一下——他动怒了？可没有发作。那一刻我看见他表现出了一副难以察觉到的窘态，眼睛眯眯地瞅着我说："一个叫伊玛什的哈萨克，党员，我俩关系最好。"

"他帮你护林了？"

"朋友么，那还在话下吗？有一年他们全家在夏牧场放牧，我骑着摩托车巡山赶到那里。偏巧儿他的娃儿感冒了，躺在毡房里发高烧。因为给羊群洗澡他们夫妻脱不开身，是我用摩托车把娃儿送到东安乡卫生所的。"

"没听说羊还洗澡啊！"

"看来你没在牧区生活过。春秋季节你到牧场上走走，一准儿能看到用石头或水泥修建的羊澡堂子。澡堂子里事先要放好防治寄生虫的药物，再用水稀释到一定浓度，然后把羊群赶过去。羊们从这头儿进去，从另一头儿出去，经过装满药液的水池子就完事了。个别羊会浮水，头部泡不到，要用固定的工具把羊头按进水里去！春秋两季各一次，这样洗澡可以确保羊群不生病，不长寄生虫。"

"哦，长知识。"

"伊玛什和我客气那会儿我跟他说，孩子发高烧耽误不得。你儿子就是我儿子，你放心吧。他瞅瞅我，把儿子抱上我的摩托车后座，我们挥手道别了。

"给孩子打了针，带上药，回来在山路上我们遇上了——他不放心，做完他的事情后骑摩托车赶过来了。

"过几天他给我打电话，说那天慌张忘记把给孩子看病的钱还我了。我说拉倒吧，几个钱儿啊？还这样客气？

"从那以后我俩更好了，亲密得很。巡山时候我经过他的牧场时总会到他的毡房里坐坐，喝杯奶茶，聊聊天，好着呢！"

　　哈萨克人说话语速快，有点机枪扫射似的不停歇。我判断着他说话的间歇，问他遇到过什么不愉快的事情没有。他说基本没有。宣传工作做到位以后牧民的生态保护意识普遍提高了，知道林子破坏了对草原没好处。这样，我们这里林牧形成了共同体。关系好了，他会主动帮你，一旦发现有啥事情会主动打电话给我。

　　话音似乎还没落，巴扎尔的手机响了，他边接电话边往远处走了几步。待到回来，他告诉我们他要赶回白羊河去，有要事需要处理。

　　我们一行决定继续往山里走。我们走访了朱先生兴办的"塔塔尔部落"，那是他们开辟的有塔塔尔特色的旅游项目。之后我们拜访了塔塔尔族牧民包拉夏克一家。

　　包拉夏克一家四口人。儿子和女儿都在奇台县城工作。平常他们不回家，不过今天女儿阿子古丽回来了。

　　我们一行人在类似"榻榻米"上的小木桌旁坐下来。桌上原本放着一些烤馕，见到家里有客人来包拉夏克又从厨房拿过来两个热的，在小木桌前蹲着掰开后让我们品尝。我吃了一块，感到面香很独特。奶茶也不错。我们边吃边聊天，了解到这座八十多平方米的新房造价十万，自己只出资三万元，剩下的来自政府对牧民的补助。看看他家的房子，屋顶与华北平原农村的平房几乎一模一样。墙面一白落地，干干净净。房间的格局也没啥大区别，阳面住人，所有的卧室都铺着毛毯。储物间和厨房在阴面，比卧室地面低一些。聊起一家人的生计，包拉夏克告诉我们他养了一百多只羊，八头牛，三匹马。两个孩子自谋职业，都独立了。老两口儿年收入五万多元，在村里算是中等水平。

　　离开包拉夏克家的时候大家走得挺快。我因为还要问包拉夏克一个问题落后了。我问他是否认识管护站的巴扎尔，包拉夏克开始没听清楚，表现出一副不明就里的样子——看着他那满脸皱纹的小脸儿通红，支支吾吾的神态我看出问题，补充说了刚刚和巴扎尔见面的事情。这回他明白了，连声告诉我认识、认识。还告诉我他们也是多年的老朋友。

　　也没多说几句话，我竟与大家拉开了距离，成了和这位塔塔尔牧民最后握手道别的人。

梁炮儿戒猎

梁炮儿？怎么叫这样古怪的名字？

告诉您吧，其实梁炮儿是绰号，他本名梁奉恩。"炮儿"是老爷岭一带的土话，指那些技艺高超的猎人和枪手。

电话那头儿梁奉恩跟我说："您来吧，哪会儿来都欢迎。"我说山里有啥稀罕？梁奉恩笑了："要啥有啥，就是没有野物给你吃。"我说，有野物我也不吃。几千里地为嘴犯法，不值。之后就听见电话那头儿哈哈地笑了。

一准儿他估摸出了我的行程，我真的出现在暖泉河林场家属院儿时，梁奉恩两口子正在门口站着。我明白那是在等我。见面了还没有握手时我又听见了他那熟悉的笑声。

"冷吧？已经下过几场雪，路面上的雪都存下来了。"

"是，路上看到林子里的雪更厚。"

这会儿我开始打量梁奉恩。他头戴浅蓝色皮帽，中等身材，穿一身略肥的迷彩棉服，脚上穿一双军用棉鞋。他四方脸儿，小眼睛，薄嘴唇。最大特点是下巴精光，一字胡儿把鼻子和嘴巴隔开，两头儿翘，中间弓，一张口那非同寻常的力道显露无遗。

我从梁奉恩的妻子闫爱华的喊叫中知道了他家的爱犬叫安贝。那家伙狂吠着扑向我的一刹那被她喝住了。

梁奉恩把我让进屋。聊了没多大会儿我就提议进山。他顺手从板凳上拿起布带躬身打起绑腿。多少年前我看电影时见过，现在他的动作和电影里一模一样。用一寸多宽的布带缠裹小腿儿，一圈一圈儿绕着小腿往上赶，最后麻利地打了结儿。完了他略略伸腰，挺直后瞅我一眼。我明白那是在征求我是否出发的意见，于是我会意地站起身和闫爱华告别。

我俩走在三道沟里。这一带山道两侧的树林茂密得跟墙似的，乔木有红松、落叶松、橡树、椴树、水曲柳，灌木有山桃、稠李等，很大的一片天然林。橡树顶梢上的叶子在山风吹拂下哗哗作响。我肩背相机，他脖子上挂着导航仪，一根木棍时扛时提。

灰褐色树干穿透沟壑里的积雪，下部有雪箍着，阳面儿略薄。偶尔有声响，该是冻裂的山地或树木发出响动。山道高处的雪被风吹跑了，松涛阵阵，冷风割脸。

"你是土生土长的绥阳人？"

"严格说是暖泉河人。"

"听说你很早就打猎？"

"也不是。我十九岁参军，训练射击把枪法练得更熟了。其实我没参军以前就喜欢打猎，只是父母管着不让去，是怕我有闪失。从部队转业回到林场后打猎成了常事。我专门养了两条猎犬，有空儿了就同一帮哥们儿上山打围。我的枪法还可以，捕获的野物多。有人嫉妒，给我起外号儿。我也不计较，都是弟兄，闹着玩儿呗。

"他们只看到我打的猎物多，哪儿知道我在这方面用了多少心思？打野猪我基本不用枪，猎犬发现时扑上去围追堵截。我看着它们撕咬一阵，瞅准机会捅一刀，野猪立马放血。

"弄狍子最好使的是钢丝套儿，它们习惯走固定路线，在必经之路下套儿一套一个准儿。

"打飞龙和野鸡用散弹，打熊瞎子必须用独子儿。

"野物在山里走动时会留下爪印儿，每种动物都不同。公的母的卧姿不同，痕迹也不一样。根据不同季节爪子的印痕判断，八九不离十能知道野物走了多久。"

"不愧叫你梁炮儿，有门道！"

"也有危险。八十年代那会儿，节令比现在晚些，我别上短刀，带上猎犬就上山了。兴冲冲地在山林里走，突然猎犬狂吠，猛然间发现一头公野猪正在前面盯着我。俗话说'一猪二熊三老虎'，公野猪最难对付。怎么办？没容我多想那家伙就迎面冲过来。说时迟，那时快，就在它要咬我那一刻我本能地跳起来抓住头顶上的树枝，没想到那树咔嚓一声枝断了。不偏不倚地我一下子落在猪背上。它受到惊吓一阵狂奔，手忙脚乱中我拼命抓猪鬃猪毛，也就几秒钟工夫我就被它颠下来了。我害怕，那家伙更怕，头也不回地窜到密林里去了。"

他的故事把我逗乐了。

"还笑呢，我差点丢了小命儿。"

感觉累时我两各自寻了一株水曲柳靠着歇脚。

"什么原因让你金盆洗手了？"

"香港回归那年深秋，我打死了一头熊瞎子。正准备过去收拾，远远看到风倒树那头出现了两只小崽儿。它们在母亲身边拱着嗅着。轻声呼唤，眼神里流露出哀伤的表情。看着它们那可怜样儿我的心猛地一沉，举起的猎枪又放下了。我没有杀它们，连母熊也没要，背起猎枪扭头下山了。一路上我心情不好。到家后闫爱华看我异样，询问出了什么事，我把在山里发生的一切告诉了她。她再次劝我别打了，说杀生没好处。你见过哪个做血荤儿的人有好结果？她还为两个小熊瞎子担心：估计活不成，多可怜啊。"

"出这档子事情以后我下决心不打猎了。"

"真戒了？难吗？"

"很难，这玩意儿有'瘾'。闲的时候往山里瞅瞅，一准儿会回屋摩挲猎枪，想到山里走一趟。一年四季风景变幻，背着猎枪在山林里溜达，猎犬跑前跑后，眼神里透着殷勤。啊，那是一种享受！

"从前捕到野物时我会把同道儿喊来造一顿。大伙围在热气腾腾的酒桌旁大碗喝酒，大块吃肉，那种感觉真叫一个爽！

"我不打猎了，还有人打。偶尔人家喊我过去我能猜出缘由，便找理由推辞。三番五次后人家觉得不对劲，慢慢地关系就淡了。虽然不同他们走动，头脑还是不时浮现出哥儿们聚餐时其乐融融的氛围，心里纠结。

"后来猎物价格猛涨，一只狍子卖八百块钱！你说他漠视法律，铤而走险。大把票子诱惑着，他顾得了那么多啊？"

他盯着我说："哪儿有买卖，哪儿就有杀戮，这话千真万确。"

"后来我对他们实话实说，我说我已经戒了。还劝他们也别再打围。有人说，别呀！现在都是有钱人才能吃到，我们靠山吃山，有啥不对？猎人的快乐难以为外人理解。除吃喝交友有收入外，主要是惊险刺激！最初手痒时我就想那两个小熊瞎子哀伤的眼神，用这个办法压制冲动。

"2004 年国家野生动物保护机构找到我，他们听说了我是一个不再打猎的人，要吸纳我做野生动物巡护监测员。那会儿我有顾虑，怕有人说闲话，没答应。

"可他们不死心，反复过来给我做工作，讲保护野生动物就是保护自己家园的道理，告诉我野生动物越来越少的现实。最后我被他们说服了。

"过去我只是手上放下了猎枪，到这会儿才真正在心里把它放下了。戒掉一种习惯真难熬！"

"再没打过？"

梁奉恩有点儿不高兴了。这个典型的东北汉子见不得我对他的怀疑态度，从他急赤白脸的神态上我感觉到了。

他斩钉截铁地告诉我："这还有假？我连猎枪都交公安局了。"

老爷岭是长白山系，山高林密。站在高岭能看见瑚布图河亮晶晶的水面。

我们继续赶路，途经一处溪流时我们停下了脚步。眼前水边的碎石上存着星星点点白雪和树叶儿。梁奉恩说，野物常常到这里喝水。说着，他指着水面边缘上的几枚爪印告诉我哪个是野猪踩的，哪个是狍子踩的。

走过一片灌木丛时他指给我看一个套狍子的钢丝套，说过后就蹲下来处理。看着他麻利地处理完，我松了一口气。

现在梁奉恩已经成了名人。十年前他获得国际野生动物保护学会授予的"先进保护监测员"称号。2012 年和 2015 年分别被世界自然基金会授予"东北虎栖息地最佳巡护员"称号。

虽然退休了，梁奉恩却没离岗，按照上级交代的任务每天巡山。他会拿着本子记录动物出没的痕迹、粪便排泄和啃食林草情况。尸首、死鸟等更是巡护重点。只要进山，梁奉恩都要打绑腿，往脖子上挂导航仪。天然林保护工程在暖泉河已经实施二十年，树木越长越高，越长越密，动物越来越多，林场安装的远红外相机还记录到了东北虎和东北豹在暖泉河林区出没的影像。

野生动物保护法公布多年，林区已经基本没人明目张胆地偷猎了，但也有人怀着侥幸的心思下套子。他们自以为聪明，可什么季节下套，在哪些地方下套的路数梁奉恩一清二楚。他见招拆招的做法让那些人恼火。他们不好明着和梁奉恩干仗，心里却怨恨他，就是遇见了也设法绕开走。梁炮儿是一个心胸宽广之人，他不和那些人一般见识，也尽量避免正面冲突。禁猎大环境还有明确的法律条文有很大的震慑作用，那些对梁奉恩有成见的人逐渐改变了。

太阳将要落山，余晖照在林间。在积雪吱吱声里我们匆匆赶路，计划晚饭前赶回林场。他在前头东张西望耽搁不少时间，我才勉强跟得上他。

滴水森林

山里的雨来得轻。没听见风，也没看见电闪雷鸣，不知不觉间头顶的树冠上传下来一阵沙沙的轻响，那一刻我知道下雨了。抬头往上看，几滴雨水落在脸上，凉飕飕的，我立时打了一个寒战。本能地停下脚步，往树干近处挪移了一下。电线杆子一般粗细的杉树干上有一只长着白色斑点的天牛，眼下正伸着长长的触须缓慢地向高处爬着。不远处还有一只七星瓢虫，扇起翅膀，看样子要飞却没有飞起来，兴许是在抖落身上的雨水。香樟树干上的纹路里浸满雨水，细细的水流往下淌着。

友人知道山里的气候，提前备了伞，没下雨那会儿我一直杵着它当拐棍儿。现在下起小雨，山道上的人一齐将伞打开，林道上立刻出现了红黄蓝紫几只"大蘑菇"，碧绿海洋里平添了好几种色彩。雨下得不算猛，但架不住不停地下啊，工夫不大山道就被浇亮了。

只好避一会儿雨，看看四外景致，透过密林的"天窗"能看见斜在半空的雨丝，条条泛着微光。头顶树冠葱郁，承接天际飘飞的雨水。偶尔能感到有水滴落在伞面儿，轻轻地，又分明听得到噗噗的声响。我知道它们不是来自天宇，而是树冠拦截后再汇集起来降落到伞面上的。树冠接了一层降水，雨伞再接一层，落到我们身上的雨滴极少。只是整个世界都云雾蒙蒙，水汽弥漫，头发、鼻子、脸都湿漉漉的。

望望沟谷，裹着青苔的河石中间流淌着溪水，有落差的地方水流淙淙作响。降水量增加，水声更响了。溪流的臂弯里有一些面积不大的水面，雨点儿砸下来的时候，原本的镜面儿上立即出现了小小的水坑儿。横陈在河道里的枯枝败叶不声不响，雨中的林间更加宁静了。

看看周围的树，熟悉的有香樟、刺楸、水杉和桫椤。所有的枝叶都在淋雨，亮晶晶的。一丛丛静静的竹林，边缘的竹竿向外缘倾斜着，现在更加明显，全都低着头，小枝丫上挂着水珠儿向下垂落。滴答、滴答，细小的声音直击耳鼓。我四下寻看，雨点儿落到地面那一刻珠损玉裂，化成了一片光影。

山雨来得轻去得也快。四外依旧云雾弥漫，道路湿滑，可天空开裂了。太阳若隐若现，一束束阳光喷薄而出。光芒播撒林间，沟谷里的树木立马换了颜色，浓墨色的树冠顷刻间染成了浅黄微红的色彩。半空中的雨丝已经销声匿迹，可林间落水不断。雨水在不堪沉重的枝叶间汇集、飘落，这边滴答一声，那边滴答一声，很有空谷足音的味道。我仰望着高大的香樟和马褂木，它们的树冠距离地面一二十米，一滴滴晶亮的水珠以自由落体的姿势纷纷飘落。比它们矮的杜英和乌桕等林木承接它们，水滴与它们自身积存的雨水汇合后再降落到稍低一层的花草上去。偶尔能听到很大的声响，那是芭蕉树顶梢儿的聚水盈满时通过嫩叶儿倾泻下来的声音。

偶尔传来"吱儿"的一声响，细小而古怪。开始我怀疑有人在恶作剧，吹口哨儿。巡视四周后我否定了自己的判断，因为没有发现旁人活动。我认定这声音来自森林，是大股儿的积水引发树枝颤动造成的，或是落水灌满了林间的竹鼠洞穴发出来的声音。

森林里的滴水总体讲自上而下。也有滴落到细小的树枝上再反弹向上或旁逸斜出的。高大乔木的雨水落到小乔木或灌木棵子上，再落到更矮小的花草上。也有的直接滴落在林地上。高大的花草譬如水麻和水黄芩有时候会直接承接几十米高的乔木降落下来的水滴，低矮花草上的落水也会滴到山蘑菇和湿漉漉的矮草上。那些蘑菇宛如我们手中的雨伞，水滴落下去那一刻它们打着滚儿折跟头，最后骨碌到地面上去。

从高处落下的水滴降落的速度很快，砸在底层花草上会有很大的动静。

不远处长着一片山蕨和野芹菜，眼下它们浑身都在抖动。我走过去看，发现奥秘在高大的香樟树上。林冠间的水滴不停滴落，砸向这边野芹菜的枝叶时这边颤抖一下，砸向那边山蕨时那边抖落一下。不停歇弯腰的情形也是有的，上头落下来的水滴不偏不倚地砸在那株芒草上，它一直在那里不由自主地弯腰，低头。我感觉到它很累，走过去用手扒拉了一下，那株芒草偏离开了上头落水的点位，不再弯腰了。水滴落入草丛，滴落到更矮小的草窠里去了。

雨后那些叶片宽大的灌草和山蕨精神多了。水流顺着它们的叶片流淌到红土地上，密集草棵的空隙里形成了不少的细小径流儿。山道间出现了浑浊的溪流，有了下面的四洞沟瀑布，有了赤水河的奔流不息。

天彻底放晴，密林深处依旧黑黝黝的。林间多少种的鸟儿鸣叫得更欢快了。"歌达、歌达"，"叽喳、叽喳"……它们的叫声丰富多样，我难以描摹它们。山林开始热闹，看见有鸟儿在半空飞翔，向着远处飞去。

山道湿滑难行，我们走得很慢。我在路旁看到一块满身水印的巨石横卧在山坡上，下面的山土被掏空了，形成一个弧形的坡面，悬挂着不少树木的根须，丝丝缕缕地渗着水。山壁上长满花草，如小金花茶和鱼腥草。它们的身子扑倒了，叶子耷拉着，小股水流正从它们身上漫过去。雨停了，阳光刚好照耀到这里，小金花茶满身是水，茎秆上的水滴还在不住地滴落。叶片伸张的山蕨铺满了一片山地，挺直身子享受阳光。

滴水森林不光在雨中，晴天也有。那是飘飞的云雾带过来的。森林里总有莫名的声响出现，我想奥秘就在这儿。树冠里降落下来的水滴滴落在草木上，空地或山石上，瞬间雾化，再回馈和滋润着森林。

风沙从树梢上吹过

　　阡陌纵横的大平原是可爱的，广袤的森林草原是可爱的，沙漠戈壁有可爱之处吗？如果我秉持肯定的态度，您是否感觉诧异？现在，请您抽点儿时间到那些通过人的努力改变了自然环境的地方走走看看吧。

　　假如今天，盛夏里一个寻常日子，您已经住在腾格里沙漠边缘，在护林小屋里放松地睡到自然醒，睁眼后发现满屋亮亮堂堂，窗外风和日丽，于是您决定跟随护林员去巡林——对了，您虽然是一名来客，却早就知道人类与沙漠博弈的历史。是沙进人退，还是人进沙退？其实那都是人类自说自话。沙漠是一种自然现象，与绿洲一样是一种客观存在。即使是危害我们的沙尘暴，其实好多都是人类自找的，本是自毁家园却怪罪自然是不厚道的。您明白这一切，来这儿的目的就是探寻人与沙漠的和解之道。您慕名来到河西走廊的八步沙林场，想了解这里的人通过植树造林的方式实现人与沙漠和解的成果。您想知道，是怎样的原因导致这一段的腾格里沙漠后退了二十多公里呢？

　　现在您已经穿好了迷彩服，护林员已经备足了所需的水和干粮，您再带上一把防身的镰刀就齐活儿了。您跟随护林员一步步跋涉在沙漠边缘的林地间，最先看到的是几株高大的白榆，在这片草木茂盛的林地里它们鹤立鸡群，粗大枝杈上的老叶略小，颜色墨绿，枝丫顶端的新叶娇嫩浅黄。不断吹拂着的热风让它们略有翻卷。旧时落在树冠里的扬沙偶尔被吹落掉到您的脸上，您赶紧移动脚步。

　　您明白，这里的树阻挡风沙负有代价，一个十几平方米的树冠能承接多重的沙土应该没人计量，如果有人开展这样的研究或许是一件有趣的事！这几棵榆树存储在叶片和树枝上的沙土总有新陈代谢，过去的飘散了，新的留驻下来。老榆树就这样日复一日地承受着腾格里沙漠吹过来的沙土，个别嫩叶上细小的沙粒在朝阳下熠熠生辉。

此时，穿过枝叶投射过来的光束晃了您的眼睛。树上的鸟儿能明白人世间的事情吗？它们知道这里的六旬老汉抛家舍业住地窖子摸爬滚打造林吗？想到这里您瞅了一眼护林员。他是一个老实巴交的中年人，讲方言又木讷，您和他的交流他能理解一半儿就不错了，可您还是从他那满脸的沟壑里读出了八步沙人四十年持续造林的艰辛，他们一棵树一把草地在沙滩里劳作，向着沙漠的腹地进军。他们的后代也和父辈一样执拗，履行着八步沙不绿绝不停歇的承诺，在步步为营中完成了黑岗沙和更多地方的绿化。您看着护林员那粗糙的大手，那一刻竟不由自主地摩挲起老榆树的树皮，您从那些不连贯的纵向纹理里感知到了长久劳作的八步沙人比树皮还要粗糙的生活。

上午的阳光很强，您长时间遥望白色沙丘感觉眼睛都花了，只好把目光转移到绿树上。绿色是养眼的，所以人类天然地喜欢。眼前的梭梭一人多高，有的站立有的倒伏。无论哪种枝条都很粗糙。枝条上有刺，都是坚硬的短枝，您费劲儿地用指甲划开一条树枝，发现茎枝上长有一层白色蜡皮。阳光直射在沙丘上形成反光，让这一方天地里稀疏的草木产生了斑驳的光影。大家共同拥有一个太阳，也共享一个地域里的水分，既有合作也有竞争。每根树枝都享受着光热，也承受着几乎相同的干旱。梭梭不会说话，可它们能感知到温度的升降，能体验炎热带给自身的蒸腾。生长在腾格里沙漠边缘林带上的梭梭不能移动，不能向外追求利益，只好向内部寻求平衡，本能地让枝叶打蔫儿，收缩生命的阵线，甚至退化必要的器官才能存活下来。看看沙漠边缘上生活的人，他们的品性多像这些植物。

午后，有微风吹过，几片云飘到您的头顶。

您现在已经和护林员坐在沙丘上吃过干粮，喝了矿泉水。坐在平滑而干爽的沙梁上看云彩。有的时候连您和护林员也被云影笼罩，刚刚身上还是汗涔涔的，眼下却凉快了许多。接下来凉风把燥热推出去老远，您所在的地方一下子变得凉爽起来。没过多久，蓝天上飘荡着的形状各异的乌云开始"勾肩搭背"，不一会儿工夫竟落下密集的雨点。它们打在沙地上啪啪响了一阵。按说您该躲雨，可护林员说不用，他抬起晒得黧黑的脸庞看看天空，肯定地说下不起来，他从容感叹：云彩又飘到不缺水的地方去了。该下雨的地方不下，年年发洪水的地方却连下三天三夜，老天爷气人啊！听着护林员的抱怨，您想言语却没接话茬儿，因为您知道他太熟悉这片土地。雨点儿不密，过一会儿所有的云彩都快速地飘远，蔚蓝的天空下阳光明媚。

腾格里沙漠与绿洲交接地带不全是浮沙，您现在遇见一片质地硬一些的土地，瞧见一片长势不错的红柳，它们的叶子像鳞片一样，生理退化造就了它们。不过它们的花儿颜色丰富，红色、紫色还有过渡色，它们稀疏地长在那里，成了一片汪洋恣肆的花海。

附近有一些"盐爪爪"，您用手指掐了一下它们肉质的叶子，鼓绷绷的柱形体开裂后浸出少许汁水，您明白长这种叶子的植物全是为了适应盐碱且干旱的环境。您再走几步见到几行柠条，它们的叶背长着银白色的绒毛。您走过去观察，知道这是适应环境不断演化的结果，这里形形色色的植物叶片为减少水分蒸发长得一点儿都不兴旺。生长需要以生存为基础，植物得首先保证活着，寻求机会再谋求发展。

雨过天晴，您来到一片新的沙地。走累时坐下来看那些林间的野草。开着蓝莹莹或粉色花朵的马刺盖很显眼，此外还有苦豆、棉蓬、沙芥。您蹲在中间看到它们都有早熟的迹象。绿色的沙蓬已经开花，个别早熟的已经结出黑色的籽实。沙梁半腰处的黄毛柴好些都被沙子掩埋了，茎蔓儿和枝条上长了一些不定根。不定根上还长出了少许的不定芽，刚刚那阵小雨的雨滴粘在茎叶上闪出玲珑的光芒。您感觉好奇，找了一根枯枝从根部侧面挖进去，竟发现它的主根扎得那样深，侧根铺得也广。一株不足半米高的白刺根子足有一米，显然是被雨水冲刷露出来贴在沙坡上的。它们的根系够发达！根系发达风就难以摧毁，它们就能够安稳地生存，表层上的浮沙在大量须根的牵扯下得到固定，增加了吸收水分的面积。您明白，所有的沙生植物的根长得都快，即使生长季也常有大风，弱势的生灵天然具有超强的繁殖能力，它们用这种方式传递生命。

在八步沙林场展览馆里，您看到了一张航拍照片，腾格里沙漠与绿洲间的分界很明晰。沙漠边界线曲里拐弯，像海岸线一样曲折。一边是起伏的黄沙，一边是星星点点逐渐浓郁起来的绿色。那是对立的两个阵营，反映着两种自然现象的敌对分野。沙进，还是人进？这条分界线在变动中标示着答案。

现在，您正在自己的房间里紧盯地图，目光聚焦北中国漫长的风沙线，再一次想到曾经留下脚窝的沙地绿洲，想到那些沙漠边缘上的草木，它们如同卫兵一样坚守在风沙线上，沙尘暴一次次扑来，它们在昏暗中挺身与风沙撕掳，拼命抵抗；哪怕树叶碎裂、枝干劈断，只要不倒就阻挡沙尘前行的脚步。风沙一阵阵从树梢上吹过，它们坚强地站立，使出浑身解数迎击风沙。无疑有同伴倒下去，可挺起腰身的更多。草木与沙尘暴的较量就是人与沙尘暴的较量。狂风漫卷，一缕缕沙尘荡过树梢儿落到了别处。

每一次沙尘暴都带来一场战争，战争过后绿色总会充盈，彰显出生命的力量。这一刻，一个念头在您的心里跳荡出来，别人的别处其实就是您的家园，您的远方也一定是旁人的家园。人类已经清醒地意识到地球村的意义。在地球面前，我们没有外人，大家都是利益相关者。地球村的每一位村民都有责任减少对生态环境的破坏，只有不断地营造绿色家园，包括沙尘暴在内的生态灾难才会一点儿一点儿减少。

横沟季语

古人曰："春分者，阴阳相半……"也就是说，季候到了春分，春姑娘就出落得有模有样了。不过我们国家幅员辽阔，南北温差很大，同一个节气温寒的表现相差很多。《中国国家地理》杂志记录，春天每年早早从广州出发，十六天到达长沙，四十天到达郑州，五十六天到达北京……九十九天到达漠河。是否真是这样我没有考证过，也就没有发言权。眼下我正在陇西北的祁连山里，春天何时到这儿书上没介绍。不过我不闹心，感觉书上不记载这里啥时候进入春天也不打紧，如今我身临其境，直接感受祁连山的物候冷暖，不是比书刊的二手资料更可靠么？

春分这天我起床比较早，早的原因一半儿是大风闹的。昨天夜里刮了一宿风，直到太阳从东山冒头儿时才消停。我居住的三岔林业管护站虽然不在正风口，但风也挺大。不过我和老马约定好的一早出发到横沟巡山的想法不想改移。吃过早饭，带上干粮和热水我们就出发了。我们走上进山的土路，一竿子高的太阳红彤彤的，可风依旧强硬，凛冽寒冷的感觉让我直打哆嗦。

横沟阳坡的山地已经不见积雪，可阴坡还有一些。山沟里没水，连山脚凹地的冰碴子也融化了，只有满沟乱石和左一堆右一堆的落叶儿。我们刚进沟门儿就看到了岩羊，大约二三十只。它们是下山来找水喝的，我俩不想打扰它们，躲在一棵云杉树下看动静。一阵塞塞窣窣后它们走过去了。我们继续上山。现在虽说江南早已满园春色，但是这祁连山不行，主色调依旧土黄。山草枯败，阔叶树的顶梢尚有经年没有落尽的叶子，山风吹拂下发出唰唰声响。一冬的落叶堆在树下，或是刮到了稍远的乱石滩里。天气晴朗，几朵白云在蓝天上飘着。青海云杉不愧是这里的优势树种，株株高大挺拔。老马跟我说，横沟里的青海云杉有两种，一种灰蓝，一种深绿。他指给我看了不同的两棵树，说它们比冬天那会儿增加了新鲜色彩。在一处向阳的洼地上，我发现一丛金露梅下的土地已经返潮。老马用脚尖踢了踢，看到已经解冻，表层土松软了。不远处的山草现出星星点点的绿意，我用手扒拉堆在上面的枯枝败叶，发现嫩绿的草尖儿已经拱出地面。老马随手拉起眼前一株金露梅的枝条观察，发现它们柔软多了，叶苞略略地有了与灰色枝条不同的颜色，饱满处有了花骨朵的迹象。行走间我俩不约而同地在路边儿看到了苦荬菜，翠生生的叶片贴地，花蕾的裂缝处已经隐约有了鹅黄的消息。我拉起一根云杉树嫩枝，用拇指、食指和中指掐住，也柔软了。山风从高处的树冠层呼呼刮下，一阵林涛轰响起来。老马说，天气一天比一天暖和了。

几天后我又来这里，山坡上的金露梅都放叶儿了。

换一个季节再来，横沟变了模样。这次进山我穿的是迷彩服，跟随老马兴冲冲地走上山坡。夏至到了，山里气温陡然升高。山地上的忍冬、冰草、野蒿都绿了，金露梅的叶子已经变成深绿色。山沟里的小叶杨树冠蓊郁起来，骄阳下有了树荫的暗影。

看得出刚刚下过雨。在云杉林下行走，镰刀蕨像海绵一样绵软，我弯腰抓起一把，茎干上蕴含的水分在酝酿着往下流动。林鸟儿明显多了，咕咕的声音不时从林子深处传来。没有响动时，能发现旱獭在洞口探头探脑，感觉危险时又立马逃遁。它们时时保持警觉，一有动静便像狗一样坐下来，紧张地东张西望。大多时候它们不着急进洞，而是抬头左顾右盼地咕咕叫，探测或判断着险情。感觉到真的危险来临时便叽里咕噜钻进洞穴。

进山不久下起阵雨。判断下雨时间不会长久，我俩决定走进云杉密林里避一会儿。树冠是挡雨的最好伞盖，它们承接雨水，听得见头顶上传来唰唰的雨声。过一会儿树上的雨水开始下落，我明显感到那不是天上落下来的雨珠，而是自然降雨落在枝丫上经过汇集，导致枝叶不能承受其重时产生的二次降水。这样的降水不均匀，有的地方集中，有的地方稀疏。集中降落的地方，雨点把镰刀蕨击倒了，其中个别已经匍匐在地，流经它们茎蔓上的水流白花花的，再流淌到下面同伴儿脚下去了。看得长久一会儿我开始琢磨，感觉这种蕨在旁的地方没见过，这回加深了印象。它们高的七八厘米，矮的三四厘米，像巨大的地毯铺在云杉林下。

过几天我再次走进这片云杉林时是晴天，林外阳光明媚，林间却因为镰刀蕨涵养的水分在蒸发，林子里氤氲出一团水汽。林缘有阳光投射进来，那情形异常曼妙。

秋天横沟色彩斑斓。虽说"秋分一过百草杀"，但是这几日还没有出现枯黄现象。巧了，今天遇上秋雨，山间云雾蒙蒙。一阵风吹过来，我发现金露梅已经落叶，个别枝头还保留着金色花朵，虽显清瘦，却格外黄亮。沟畔的马兰草和冰草不再翠绿，云杉树新生的嫩枝明显木质化了。我寻了一棵云杉树观察，用手轻轻地掐了一下今年新生的小枝，竟不慎被刺，手指肚儿疼了一下，赶紧缩回来，看到被扎的那里出现了一个小红点儿。

看到蘑菇时，我从背包里取出塑料袋开始采起来。这里丁丁菇和松蘑居多，品质上乘的是丁丁菇。我们采回两袋儿，洗了准备晚饭。丁丁菇通常有两种吃法，其一是葱花炸锅后放辣子，再把蘑菇放进去翻炒一会儿就可以装盘儿。这道菜很下饭。还有一种吃法是把蘑菇炒熟，边炒边放辣子、姜丝。炒熟后不起锅，把另一口锅煮好的面条捞出后倒进去拌几下，再焖一会儿就出锅，这样的好处是饭菜兼备。

祁连山雪线之上不用说，即便是浅山区，十一月也开始下雪。无论大小，三四场雪后就积存下来经冬不化了。冬至到来，冷风割脸，脚上穿着棉鞋也感觉凉。刚刚走到半山腰我就被眼前的风光吸引了，白的雪，灰绿的云杉，明暗对比，幽静异常。

老马告诉我，其实早在寒露时节山里的花草树木就逐步落叶休眠了。现在瞅瞅四野，满目萧瑟。山风越刮越猛，林缘地带远比密林里更大，呜呜吹着。林涛是大自然里最好的音乐，爱山的人陶醉其间实在是一种享受。老马不忘提醒我，冬天巡山一定要专心，摔个跟头磕了胳膊腿可不是小事。不要和树木走得太近，它们冻得僵硬，枝杈如钩刺，一不留神就挂住你的羽绒服，一旦划出口子羽绒飞出去，会把人冻个半死。

如今只能看到山沟里的旱獭洞口了，它们都休眠了。山里可以吃的东西越来越少，岩羊和马鹿在高山的栖息地条件越来越差，便一拨一拨儿地往山下迁徙。河道里本来就少的水面都冻冰了，马鹿和岩羊没有水喝就开始往更低的山沟里走，直到找到水源为止。近年来天然林保护工程全面禁牧，人们饲养的牛羊不许进山，山上的草场被野生动物占领，加快了它们的繁殖速度，数量多了。三岔林业管护站附近有水，它们在大雪封山的日子会不时跑过来。

照现在城里人厌恶雾霾的心思，想想在空气清新的大山里做一名护林员该是不错的职业。喝着山泉水，吃着自己种的蔬菜，开门见山，百鸟儿啼鸣，好让人羡慕啊！一些城里人像憧憬诗和远方那样看待大山和林业工人，可他们不知道，拥有他们心目中的远方和诗意生活的人却是憧憬着别处的。我在四季里体会横沟的护林生活，知道林业工人常年生活工作在深山老林其实并不像那些城里人想的那么浪漫。我熟知了横沟四季的变化，鸟兽的生存之道，草木的荣枯，也深知长年累月在深山老峪里生活的务林人也有诸多的不如意，比如出行不便，信息闭塞，最突出的是寂寞。

沙山与林海

一

我现在正奋力爬山过海，挥汗如雨。

我说的这片山不险峻，却波澜壮阔，是黄沙与绿树并存的沙山。

站在高处遥望前方，您是否看见那数不清的山包？"五岭逶迤腾细浪，乌蒙磅礴走泥丸"大概就是这种气势吧？

再往远处瞭望，您是否看到那些或高或矮，纵横交错的山脉？是的，多少座大山被分割出一列列山系，它们虽然没有名字，没有名山大川高大雄伟，可它们和昆仑山、大巴山、太行山一样有自己的序列。如果您再仔细观察，视域里的每座山是不是都有明显的山脊和陡峭的山坡？那儿是一片多么雄浑的世界啊！

攀登没有森林的大山是乏味的。我们习惯称它们是荒山秃岭，没有人喜欢它们。可我要告诉您的是，我现在攀爬的这些山历史上就是秃山，是不毛之地。想想其实也不怪，大风创造出来的沙山怎么会生长树木呢？真的，历史上它们不但没有树，连小草儿都没有。

直到有一天，生活在它们周围的祖祖辈辈为风沙肆虐所苦的人们生态意识觉醒了，他们刨根问底，弄明白了这里历史上曾经草木繁茂，只是后来因为战争、火灾还有人类自认为必需的索取才留下了这样的自然遗产。终于有一天人们面对沙漠危害，决心要彻底改变沙进人退的局面时，他们才重新打量这片几乎是沙漠的土地。不同以往的是，这一回他们不是赶着毛驴儿来砍伐薪柴，而是用麦草扎成网格铺满沙地，再在上面栽植柠条等灌木。经过几十年的持续努力，多少年觊觎着人类家园的沙漠终于停下了前行的脚步。人工林长起来了，沙蒿、沙葱等沙生植物也跟着长起来了。

二

　　我现在正奋力爬山过海，挥汗如雨。

　　我说的这片海没有惊涛骇浪，却波涛滚滚，是黄沙与绿树并存的林海。

　　我站立的地方全是沙子，您看到了吗？还有，您看到前面沙地上那一道道波纹了吗？它们像不像微风吹拂水面荡漾出来的水波？我看简直一模一样，可我知道那不是水，是沙。它们是大风把沙地吹皱后形成的大地纹理。一缕一缕，长长短短，弯弯曲曲。我俯下身子观察，简单的一条波纹也能够分出高低。尽管高差不大，却能清晰地辨出高峰和低谷，只不过微观一些罢了。

　　亲爱的读者朋友，您眼前的世界既是沙山瀚海，又是一片广袤的林海。她没有亚马孙河流域热带雨林那样幽深，也不像北海道人工经营的杉木群落那般高大，甚至连贺兰山里青海云杉与灰榆混交林都比不上。可是您知道吗？上述的茂密森林或是不曾遭遇灭顶之灾破坏的原始林，或是虽然遭受过破坏，却是在自然条件好得多的地方恢复起来的人工林。而这里是毛乌素沙漠边缘白芨滩，一片千疮百孔、流沙滚滚的"准沙漠"！

　　您一定看到了，即使现在，这里依旧保留着被破坏后留下的疤痕——被今人当作标本保留下来的白晃晃的沙丘。经过了多少年的治理和保护，今天白芨滩上所有的沙包上都栽满了树。尽管这样，我们依旧能清楚地看到几乎所有的树木全部生长在裸露的沙地上。我长久地看着那些柠条和花棒，这里的小树生存艰难的心思一直在我的心中涌动。

　　这儿叫羊场湾，过去是一片流动沙丘，现在全都栽满树木。您看，那一株盛开着粉红色花朵的花棒随风摇曳的样子有多美！谁能想到在浩瀚的沙漠里能开出如此绚烂的花朵？您再看它那斑驳的树干，嫩红的新生树皮顶破褐色的老树皮，那样子宛如一条蛇在蜕皮，它表现出的是怎样努力生长的姿态啊！最吸引人的是它那松柏一般的叶子，这是适应干燥气候进化而来，同大海里的珊瑚一样骨感。柠条树叶被风吹着，泛着白光，波浪翻滚。秋阳照耀着那缀满枝头的深红色果实，一嘟噜一串串，为传宗接代努力地积蓄能量。

因为蒸发强烈气候干燥，白芨滩里树木的根系都特别发达。尤其是花棒，它们的树根跟大海里八爪鱼的吸盘似的躬身抓地，即使被大风掏空了所依托的沙土也依旧支撑着一蓬蓬的绿。

三

我现在正奋力爬山过海，挥汗如雨。

眼前黄色的沙山与碧绿的林海并存，甫看地表滚热，却是不少沙漠野生动物的家园。冬春季节，这里常常被一层白雪或清霜覆盖。寒风凛冽，冰清玉洁，犹如童话世界。无论是沙滩，还是雪地，偶尔会看到兔狐和石鸡的足迹。夏秋季节，橙黄的沙土与淡绿的灌木丛混搭出绝配的色调。清晨和傍晚橘黄色的艳阳照耀沙地一片金黄，烈日炎炎之际每一片树叶都缩卷起来，偶尔的降雨让每一棵树的树冠间挂满水珠，玲珑剔透，在微风吹拂下滴落在干燥的土地间。傍晚时分夕阳的光影贴着地面移动，猪獾和刺猬会憨头憨脑地出没林间，它们一会儿在沙坑里拱拱，一会儿在树荫下嗅嗅，急切地找寻食物。甲壳虫也会选择沙土不烫时出来走动。它们从这棵柠条与另一棵旱柳间跑来跑去。石鸡总是悠闲，除了交配季很少大声鸣叫。它们常常趁着凉爽时候出来，在花棒树的阴凉里久久站立，一声不吭地盯着脚下的沙地。一旦有小爬虫慌慌张张进入视野，它们便猛地鸹过去，先把猎物噙在嘴里，之后扬起脖颈，三两下便把猎物吞咽下去。

眼下这里晴天丽日，白云悠悠，看得见天空有喜鹊和燕子飞过。老瓜头的花期蜜蜂最忙。花蜜好吃，可惜现在过了割蜜的时候。周围的甘草都结了果实，看着像旱死了，其实没有，它们的毛刺非常硬。我一时粗心碰到了，嚯！好痛哟！

已经记不清在白芨滩里爬过多少座沙山，穿越多少次林海了。尽管它们不是通常意义的三山五岳，不是渤海黄海东海南海那样的海洋，树木也不如大小兴安岭那边葳蕤多姿，但是我却固执地认为这里的林海也很有气势，也能给人排山倒海的感受。

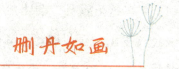

删丹如画

今天我要见的第一个人是徐柏林先生——我得叫他先生，作为大黄山自然保护站的一把手，他学历高，事业有成，很受人敬重。

他按时从坡底走上来，打着招呼，一溜小跑奔向我，一副满面春风的样子。握手间我询问他怎么这样开心，他支吾一下说："你们的到来给大黄山带来了一场好雨，可谓'久旱逢甘霖'，我能不高兴吗？"

哦，我思忖着，不愧是领导，本是随意聊天，他却从一方水土的角度考虑问题，格局不小。

握手后我俩找块石板坐下来。我自然知道这家伙在和我开玩笑，便先和他说起闲话。

我把早晨已经看到的，存在心里的疑问问出来："这里不是焉支山的山门吗？你们单位为什么叫大黄山保护站？"

"你算找对人了，"他这样做了开场白，"我刚刚发表了一篇《焉支山概况》的文章，说的就是这方面事情。焉支山地处河西走廊，隶属山丹县。由于历史背景复杂，自古以来众多民族在这里繁衍生息，导致名称很多，叫过删丹山、胭脂山、燕支山等，因为出产中药材大黄还叫大黄山，无论哪个名字，各自都有背景。

"匈奴时期就有焉支山的记载，可考文字见诸明朝的《政字通》。那里面说北方有焉支山，山多红蓝，北人采其花染绯，取其英者为胭脂，故单于妻号阏氏，音'焉支'。

"汉朝这里的文化符号最重要的是汉武帝。他执政后停止和亲，派霍去病远征河西匈奴各部，大获全胜后于公元前 111 年在这里置县，名为删丹。匈奴被打散后留下了一首情深意切的悲歌：'失我焉支山，令我妇女无颜色；失我祁连山，使我六畜不蕃息。'可见曾经拥有这片土地的主人在失去家园时怎样恋恋不舍。

"隋唐时期最著名的事件是隋炀帝西征。他不但打败了盘踞青海一带的吐谷浑，还在这里做了短暂停留，召见更远地方的高昌王等二十七国使臣聚会。为了更好地节制西域，谒使安邦，隋炀帝在这一带举行了一场盛大仪式，后人称为'万国博览会'。"

"旁的我都理解，只是不知道'删丹'的意思。"徐柏林还在喋喋不休时被我打断了。

"说来有意思。删丹的'删'字中的'册'指的是树林，你看像不像？"他随手捡起一段树枝，折断后在地上写下"册"字，之后接着说："旁边的'立刀'指的是刀斧。'丹'字的意思你该知道，就是红彤彤的阳光。总体上说'删'和'丹'组合在一起就是阳光穿过茂密树林的样子。"

"哦，挺有诗意！有出处吗？"我问。

徐柏林笑了："出处肯定有，你不觉得很美吗？"

怕这家伙说话离谱，随后我打开手机百度进行搜索，里面果然有"以晓日出映，丹碧相间如'删'，又名删丹"的说法。

早饭后我们要去隶属于大黄山保护站的高坡管护站（实际就是护林点），那里的马杰站长和另外三名护林员领着我们上山。山道曲折，暴雨后处处清新，山地湿漉漉的。林间的野草上满是水珠儿，偶尔有阳光散射，一片玲珑。我站在丘陵高处看到对面山坡上雾气蒸腾，不一会竟弥漫到这边来了。我置身云雾里虽然不是一回两回了，但每一回的感觉都不同。大黄山里给我的感觉更多的是清冽。前行不远发现土路两边长满了沙棘，以及沙棘树根部的旱獭洞穴，却没发现它们的踪影，倒是近距离看到了成群的牦牛。它们很警觉，有几头抬起头来看动静，旋即就慌慌张张地往密林深处钻去。更多的依旧在林间草地上吃草。牦牛毛多毛长，披挂在腰身两边儿，和黄牛比起来粗壮却低矮。

一位牧民出现了。他身穿迷彩服，连鞋帽都是斑驳色彩，如果隐蔽在沙棘林里很难被发现。他四十多岁年纪，全身精瘦，脸色黝黑。见到我们后他侧身下马，提着鞭子站在沙棘丛边沿与我们说话。我问他姓名，他说自己是藏民，有汉名。正要答复我时因回答旁人的问话岔开了。我和他简单交流，知道他是这片山地的编外护林员，管护站按月发给他少许补贴。他放牧时会留意山里的变化，一有风吹草动马上报告管护站。

山里的天然林长势还好，阴坡多青海云杉，高大葳蕤。阳坡多祁连圆柏，纺锤形树冠翠生生的很美观。它们是这里的优势树种，病虫害因为气候寒凉发生率不高。阳坡和阴坡上的灌草区别不大，主要是金露梅和银露梅。祁连山自然保护区天然林保护中心主任刘希芹告诉我，在祁连山这样的高寒山地乔木灌木形成一定的植被层，水土保持功效就能发挥出来。眼前这片丘陵地上的沙棘已经密闭成林，树龄该有二三十年了。

下山途中经过管护站旧址我们停下来，山坡孤零零的几间砖房里，宿舍、伙房和仓库还能够看出模样。天然林保护事业按工程管理后人员固定，投入固定，已经出现了良好的发展态势。为了改善护林员的工作生活条件，几年前他们在交通更便利的地方建了新的管护站，取暖和用水等条件都大大改善了。

在这里我再次见到徐柏林。他是高坡管护站的上级领导，大黄山保护站管理着九个管护站正式职工近百人，杂事急事不断。早上我俩谈过后他回机关处理事务去了，办完后又急着赶过来。我俩找了一个僻静地方继续谈。他一再要求多谈他的团队，少说他个人。这回我们的话题放得更开了，他和我说了保护站的不少难处。我明白，在他看来最棘手的事情是管人。他告诉我，大黄山保护站职工普遍学历低、素质差，动不动就闹矛盾。作为这里的当家人，他在这方面投入的精力太多了。

"比如说呢？"我问道。

"比如说一名韩姓青年就费了我不少心思。他本是接续父亲上班的'林二代'，却不热爱护林工作，不愿意待在山里，整天应付差事。"

保护站对职工管理有一套成熟的管控机制，发现了苗头性问题先是由管护站长做工作。基层人谈话多是当面鼓、对面锣，指出旷工的性质，要求不再发生。教育工作有效，可是过了一段时间又出现反复，管护站长就把小韩的问题上交到保护站主管站长那里。主管站长找小韩谈心，于情于理地梳理他心中的郁结，小韩表态永不再犯。可是没过多久他的旷工毛病就又犯了，就这样犯了改，改了犯，让人头疼。

"小韩的问题最后反映到我这儿。我们召开班子会商量对策。集体研究后决定停止他的工作。停了工作就停发工资，这下动静大了，家人朋友都来找我说情，跺脚发誓。几个月后家长带着小韩找我，要求恢复工作。"

"现在怎样？"我知道护林员的工作很清苦、寂寞，年轻人往往待不住，很想了解小韩的现状。

徐柏林一脸苦笑："还能怎样？只能恢复他的工作，效果依旧不理想。我们总是希望'以情感人'，可是谈何容易？制度管人才是根本啊！"

我看出徐柏林动了感情，知道他这个管着百十号人的站长当得不轻松，便对他说了不少安慰的话。他告诉我，天然林好管，树不会闹情绪、发脾气。是看山护林的人不好管。我多次在班子会上强调，要想管好树必先管好人。人管好了，林子不是问题。

思想是行动的先导这话不错。连谋划和思考都没有怎能理性工作？基于这样的考虑，大黄山保护站一班人在徐柏林领导下，副站长张永称、王涛和派出所所长曹政各司其职，团结一致。他们以提高职工素质为抓手，全力支持职工自学成才，鼓励职工参加继续教育。保护站宣布，只要职工取得正规学历保护站报销学费。近十年来，全站竟有四十多人取得了大专以上学历。单位里自此形成了一种爱学习、爱工作、爱场站的良好氛围。同时他们积极改善职工生产和生活环境，千方百计提高职工待遇。利用凉爽气候开挖菜窖，无碳储存蔬菜，解决了职工在山里吃菜困难问题，为每个管护站配备了节柴灶和太阳能，开展技能操作比武丰富业余生活。经过持续努力，大黄山自然资源保护站职工整体素质有了很大提高。2013 年他们被中华全国总工会命名为"全国工人先锋号"，成了林业工人的先进代表。

返程途中发生了一件事，我们发现了一名护林员在赶路，徐柏林喊着停车捎上他。车子停下来，我发现附近有一片长势非常好的云杉便要求去看看。我们走过去，刚走到林缘竟发生了奇迹，我突然感到太阳出来了。抬头仰望，雨后一直阴云密布的天空忽然乌云开裂，镶金边儿的云缝儿阳光乍泄，橘红色的光芒倾泻林间。它们穿过碧绿的云杉树投影在长满芨芨草、野菊和金露梅的地方，光影明暗，红彤彤一片。

我一时愣住了，真会有这样巧合的事情发生？在我将要离开这片大山时让我目睹这如画的"删丹"吗？

徐柏林笑着告诉我，就是这样，就是这样啊！

这一刻，我高高地跳起来，随之举起巴掌。此时的徐柏林也会意地对着我举起巴掌，只听"啪"的一声，我俩击掌的声音在林间弥漫开来。

四月山香

大茅山的四月香气弥漫，沁人心脾。

这不能不让我到处寻觅。仰望那绿树参差的山坡，最抢眼的是苦槠树的柔荑花序。眼下它们正在盛花期，像板栗花和核桃花似的悬挂在枝头，柔软娇嫩。这种苦槠树的花序属于碎花，不像那种大花形的花朵比如牡丹、荷花那样诱人，但架不住花蕊众多，一串串地蓬勃出满世界的馥郁气息。整座大山都在集中怒放，成了让人多少次深呼吸的迷人香源。

现在我正站在马溪上边的森林小路上，仰望高处，我第一眼看见的就是苦槠。暮春时节，它们与马尾松和鹅掌楸等乔灌木天然混交，圆圆的树冠颜色深浅不一，高低错落，堆积成了赣东北森林里一道独特的风景。

梧风洞在大茅山里算得上最大的景区。山清水秀不消说，只脚下这条马溪就够迷人的。它逶迤蜿蜒在山沟里，一时流水潺潺，一时小湖如镜。它的魅力一定把我的女同道们的魂儿勾走了，要不然她们怎么那样兴奋？她们看了溪水就跑过去，见了瀑布就欢呼起来，在豹子滩、响石滩、合欢池、天鹅湖、仙女潭的水畔咯咯笑着，摆出各种姿势拍照，个个春风满面。

或许因了她们失去了必要的矜持，倒让我多了些冷静的持守，故意不那么太近地靠近溪流，以防我被它迷惑太深。可是注意了这头儿却忽略了那头儿，我终于还是成了这片山地的俘虏。当然，俘获我的不是那清亮的溪流，而是那些密密麻麻、参差错落的绿树和花卉。一时间我的眼睛不够使了，走不动道儿了，精力和心思全都用在了辨识花草树木上。过去熟识的、这次新识的，我用手机拍了四五十种。比如高大的青冈栎、香樟、栲树等；灌木有结香、山鸡椒、黄栀子、流苏子、金樱子等；草类有光黑白、灯芯草、韩信草、凤尾草、白茅等；藤类有菝葜、鸡血藤、山苏、野葡萄等；还有雷竹和箬竹等竹类。

在森林小道儿上我看到一株特别的树，走近细看原来是杜英。时下正值谷雨节气，可它树冠上的叶子却是红绿相间的。绿是那种油亮亮的绿，红是那种深沉的猩红。红和绿在一棵树上共存，绿叶翠绿，红叶热烈。这种红绿于一季里共生一树的状况过去我没见过，我诧异产生这种状况的原因，看到它既不像夏季里杨柳那样深绿，也不像晚秋时枫叶那样一树鲜红。特殊的生命体质和外部环境决定了它在一季里树冠间那绿红同时存在的风景，表现出一种斑驳的立体感。我大老远地瞅着它，山风轻轻地吹拂过来，在闻见整个森林散发出来的淡淡香味时，我想那香味一定是包含那株杜英树在内的各种树木混合起来的味道。

经过"观音瀑"那一刻我发现一缕阳光刚好照耀到山林里来了。那缕阳光移动到我脚下时，我闻到了一股暖烘烘的腐殖质味儿。此时，我不由自主地翕动鼻息，捕捉着有点儿酸腐、有点儿香气的山味，满心都是安详。

在一个叫"弼马滩"的地方，我发现一棵苦槠树的树干上有一片花朵形浅白色的苔藓，一会儿工夫一缕阳光移照过来。它最先映照到的是树干的上侧，红彤彤的光芒铺在那贴在树皮表面的苔藓上，周围明晃晃的树叶上，光晕红彤彤的分外柔和。那缕阳光继续向前推移，时间不长就游移到前头的地表上去了。我站在那里，发现阳光照耀下的地表有些潮湿，碧绿山草的嫩茎和叶子上悬浮着七八片形状和颜色不同的山蜡梅和栲树的落叶。我的目光跟踪着那束光芒移动。看着看着，在一片粗大树干之间出现了一团淡淡的青烟。须臾，树干之间的缕缕光影跟暗夜里广场上播映电影时从镜头里投射出来的光束似的，氤氲成一片紫气……过了一会儿这片山林暗下来，阳光不见了，树叶失去了明亮的光泽。仰望高处，我发现了导致这种情况的秘密——远一些的大山垭口与天上的太阳还有乌云共同导演了这一切。天空中刚刚有裂隙的那朵乌云现在聚合起来，不偏不倚地遮挡了阳光。也是在我感觉气定神闲的工夫，林间腐殖质的味道由刚刚的浓烈变得清淡了。

四月的大茅山满山的绿植尽情成长，小草在发芽，树干在长粗，枝叶在伸长，不同种属的山草在开花，甚或结果。红蓝白紫各色野花都在释放着它们特有的气息。它们肩并肩，手挽手，在阳光雨露滋润下混合成负氧离子，把整个大茅山都笼罩起来。

这次来大茅山我并没有走多远，目光能够抓得到的笔架山我没去，远方的僧尼峰我也没有去攀登。这里的群山像大海一样汹涌澎湃，可我只在近海的地方冲了一会儿浪。山外有山，树林前面还是树林。这样想着的时候，我感觉今天兴奋的原因主要来自森林的这种让人难忘的香气。那是一种别样的山野气味，能够明显感知它甘醇又不好具体描摹的奇特味道。

这种气息是单属于大茅山的。

望天树精神

　　亲爱的读者朋友，我要告诉你们，在没有深入且带着研读意味走进热带雨林之前，我对很多树木的理解是粗浅的。比如我喜欢白杨树，欣赏它们的伟岸和正直的品格，为茅盾先生的《白杨礼赞》所陶醉。又比如我赞美松柏，欣赏它们不畏严寒，凌风傲雪的风格，为陶铸先生的《松树的风格》所感染。也读过不少作家歌颂树木的美文，感觉他们那些把树木人格化的描摹手段的确高超，令人佩服。不过，在见过西双版纳的原始雨林，特别是被望天树感动后，我想，就自身体现出来的社会属性来说，它们所具有的精神价值最为动人，它们给我心灵的冲击力无与伦比。

　　望天树长得什么样？它们有怎样的品格呢？

　　我没有见过幼年阶段的望天树，也没有见过青年阶段的望天树，我和它们素昧平生，第一次相见就直接见识了已经成年的望天树。它们站立在一望无际的绿色海洋里。地上青苔一层，野草一层，灌木一层，乔木一层，这样说不一定准确，算是一种大致的区别吧！在这些旁的树木无法企及的半空才是望天树独有的世界。墨绿色树冠像雨伞一样笼罩着雨林群落。你说它们有多高？走在蓊郁、阴暗的林荫道上，我和来这里的所有人一样仰着脖子往天上看，起先我看到了那些凌乱的、分不清楚归属于哪条树干的枝叶，看到了阳光被密集的枝条切割成斑驳跳荡的星光，最后才看清了一坨浓郁的绿云，那就是望天树。在脖颈酸楚、有点儿眩晕，简直支持不住的时候，我明白了人们管它们叫"望天树"或"擎天树"的理由。

　　在我看来，望天树之所以如此高大，首先是因为它们生长在西双版纳的热带雨林，如同高原上的高峰一般。也就是说，它们有基础的优势。自然，这种高不同于一些长在巉岩绝壁上的松柏，高原上的云杉，这里的高是指它们在汪洋恣肆的热带雨林里"鹤立鸡群"。它们俯瞰着的那些林木宛如画布上的底色一般，起着为它们打底和衬托的作用，然后才是望天树横空出世。你要知道，基础好坏是不一样的。用唱歌打比方吧，它们是属于专业团队里的顶尖歌手。拿打篮球来说，它们又是专业球队里的中锋。也就是说，它们不是零星的，分散的，孤零零的，是在竞争中脱颖而出的骄子，是羊群里的骆驼。

我没有天长日久与望天树厮守的福分，短暂的观察后我想到，望天树之所以被称为雨林巨无霸，有外部优势，也有内部优势。它们生长在湿润沟谷和坡脚台地，在独特的自然生境中造就了自我的强势地位。经过长期的自然进化，它们没有因出人头地而故步自封，没有在低矮的层级里因迷失信念而彳亍不前，它们坚守着，向着阳光的方向一路前行。它们定力十足，不惧电闪雷鸣，心无旁骛地埋头生长。我感觉它们应该摒弃过旁逸斜出的欲念和冲动，也摆脱过不知道多少寄生与附生植物的纠缠，一门心思地把所有精力都内化成了蓬勃向上的动力，一鼓作气地超越了不知道多少野草、灌木和小乔木的生长速度。义无反顾、专心致志地奔向自己的目标，不达目的决不罢休。否则，它们的树干怎会几十米高都不长侧枝？它们怎能把自己塑造得这么浑圆通直？

上百种共存于热带雨林里的植物，哪一种不是怀着生长和传递基因的本能参与竞争呢？譬如那叶尖如刀刃一般坚硬的山蕨，那些只要发现阳光从"天窗"里投射下来就试图把身体挪移过去的山草和野葵，还有各种凭借寄主生存的绞杀榕、蟒蛇一样扭曲翻滚着躯体的藤萝，它们哪一个没有抱着挤占生存空间的动机？"万类霜天竞自由"是自然法则，谁都要存活，谁都要生长，谁都需要传宗接代。问题是谁会最终胜出。内因重要，外因就不重要吗？唯有优秀的基因和品质，唯有机缘巧合的外部环境，才能在残酷的竞争里平步青云。我没有打小儿就跟踪望天树的生长，可我从它们那一"干"冲天的结果看出，望天树应该具有超越他物的优秀品性，又遇到了旁物所不及的优越条件，所以才成就了它们高俊挺拔的地位。在众多植物群落里，它们是完全可能在二十米、三十米乃至五十米的高度停下脚步的，就算没有沾沾自喜，也足以安慰自己独领风骚了。可它们没有，它们是勇往直前的。生长再生长，在密不透风的绿植群落里从未停步，总是积极向上，直到最高。它们自然也有局限，也不是地球上最高的树，那是土地，根系，和不知道多少因素造就的结果。但在西双版纳森林里，它们是王者。

望天树要是在北方的森林里这样疯长，一准儿会长成"豆芽菜"，如果那样，它们的结局自然是枝丫劈裂或主干折断。但热带雨林不是这样，这里没有足够强大的风，安静的气流和足够的降水为各种植物提供了优越的外部环境。望天树是其中的一员，丰沛的雨水造就了它们稳固的板根结构，为支撑树干耸入云天的生长，它们牢牢抓住山石和土壤，进而保证了枝丫伸向蓝天时整个大树的坚定稳固。树干高一寸，板根壮一层。树高千尺依赖根，脚踏实地筑牢了它们葳蕤挺拔的坚实基础。

我以为，见过望天树的人是幸运的，而且越早认识它们对自身越有好处。在我眼里，天然林是一本书，原始热带雨林是一本书，望天树虽然只是一种树却依旧具有教科书的意义。看看它们，我们会明白很多事。望天树上蕴藏着的社会属性和时代精神对我们有用。它们的板根结构告诉我们做事要脚踏实地，它们心无旁骛地成长提示我们要坚守信念，它们勇往直前的向上精神告诉我们明确了目标就要一以贯之地追求下去。如果我们具备这些品性，达成出类拔萃的结果还难吗？

黄牛坡上

　　隔着金鸥湖水面我看见几个人正在对岸忙碌着，他们提着植树工具，手推车装着树苗，看得出他们在种树。增城这地方最好的植树时段不能超过清明节。否则树木成活率会降低，该是这个原因，他们正在紧张造林。

　　增城是著名的荔枝之乡，栽培面积超过一万公顷。山路的缓坡上长满密密麻麻的荔枝树，圆圆的树冠与圆圆的果实相似。现在正是花季，看到好些荔枝树冠分出深绿，浅黄两种颜色，我不假思索地以为那些浅黄的是果穗儿，结果弄错了。到近处才看清楚原来那些浅黄颜色是新生的嫩叶儿。吃荔枝要到六月，我可等不及。感觉遗憾的我从酷似葡萄花穗般的圆锥花序里掐下一朵小花瓣儿放进嘴里咀嚼，略苦、回甘。

　　半山腰上的高大乔木很繁茂，它们的树形犹如北方山地里的板栗，枝头上的花穗儿像空中炸裂的烟花一般，一缕缕地从高处倾泻而下。团团浅黄，汪洋恣肆。有规模的大树花海很能给人带来冲击力。一棵树开放着上千朵花穗，一片林子汇集起来数万数十万朵，谁看了能不感觉震撼呢？我们走过去细细端详询问树种，当地人说是红椎。它们周围长满了数不清的小乔木和浓密的灌木，像篱栏似的阻挡着进入它们的领地，使我只能远远地仰望。过去我不认识这种树，听了名字便习惯性地打开"形色"搜索才知道了这种高大树木的前世今生。原来它们是汉朝那会儿南洋的藩属国向皇帝贡奉的树，引入后慢慢传播开来。这种树干形通直，木质硬重，是制作家具、造船、打车的优良木材。树皮与果壳富含鞣质，是生产栲胶的上好原料。果实富含淀粉，深受人们喜欢。

　　沿着山路走一程，不远处传来哞 —— 哞 —— 的叫声，我一下子想到老牛，果真是。黄牛坡上遇见黄牛名实相符。

在路旁又一次见到马尾松，一株树干上挂着木牌，告诉人们这里是防治松材线虫的改造点儿——南方林区被松材线虫危害的疫区不少。松材线虫病又称松枯萎病，是一种发生在松树上的毁灭性的病害，通过"松墨天牛"等媒介传播，进入松树体内引发病害。被松材线虫感染后的松树针叶变色，萎蔫下垂，停止分泌松脂，最终腐烂死亡。

站在山头往下俯瞰，望得见增江。遥望山川，"一览众山小"的感觉油然而生。从毛泽东"极目楚天舒"联想到"人有病，天知否？"的诗句，一时顿生感慨。人会患病，动物、植物也会。给人治病的人我们叫医生，给动物治病的我们称兽医，有没有专门给树木治病的人？当然有。他们正规的称呼是森林病虫害防治人员，艺术范儿的说法叫"森林啄木鸟"。各地的"森林啄木鸟"们既监视着森林的疫情，开展病虫害测报，还要组织防疫。当大面积森林发生病虫害时甚至动用飞机实施飞喷作业。

我们这个时代是化肥的时代，农药的时代，激素的时代，添加剂的时代，这些东西都与人类有关，有帮助、有干扰，更有危害。人类研究农药本是为了对付病虫害，结果这柄双刃剑在杀伤虫害与病毒的同时也大大地伤害到人类。随着农药的不恰当使用，给我们人类造成的危害日益加剧，罹患各种疾病特别是癌症的人越来越多。除了身体疾患外，精神疾患也在持续增加，不知道问题究竟出在哪里，该怎样解决，难道我们人类真的走进了死胡同？非要把人逼疯不可吗？人有病，天知否？树有病，奈若何？人类中心主义的观念现在牢不可破，短期内难以改变。花草树木不会说话，即使是枣树得了枣疯病，披头散发，长疯了，不结果子；马尾松的枝干溃烂了，控制不了啦，最好的办法是把它们"定点清除"，目前还没有研究出更好的办法。森林病虫害的危害程度被人们称为"无烟火灾"，虽然不声不响，可是成百上千亩森林一夜之间被毁是常有的事。科学家多少年的研究表明，人工种植的纯林发生病虫害的概率非常高，而天然林或人工混交林要好得多。为了防控病虫害，看得出来黄牛坡上纯林在减少。这是增城乃至整个广东省顺应森林演替规律和科学经营的明智选择。"人定胜天"表明我们人类战胜自然有勃勃雄心，但雄心毕竟是雄心，成效如何是另外一回事。战胜自然、取胜天地这些说法大多时候是口号，是空谈。蛮横自大的种种行径一再成为笑柄。

黄牛坡上的绿地堪称人与自然和谐相处的样本。接近山顶平台的边缘有一条通往更高处的山路，路边栽植了两行红荷树，浓密蓊郁，湿漉漉的树荫里落满树叶，还有经年没有腐朽的果壳。我以为它们是行道树，结果却不是——当地人告诉我那是防火隔离带。木荷树脂类液汁少，富含水分，枝叶浓密，是一种理想的防火阻燃树种，正是这个特点，它们被人称作"烧不死的木荷铁"。人们把森林安全托付给树木，体现了人类的聪明才智——用生物防火，用木荷防火，是人类在长期观察中获得的经验，堪称人与自然和谐相处的样板。

周围平地看似一个小停车场，是"增城绿道"在太子山森林公园的一个终端。现在，林场加挂了森林公园的牌子，自然要考虑旅游问题。"绿道"是增城林业持续发展路径上的一个新目标，已经成为珠三角绿道的重要组成部分。富有灵气的增江水系与增城绿道手挽着手走过五百多公里，木棉、樟树、杉木、羊蹄甲等林木遮阴挡雨，连贯起了以瀑布漂流和登山为特色的大封门森林公园、以温塘为主题的高滩森林公园、畲族村与兰溪森林公园等多个森林绿地。还有何仙姑故里、农家乐等各种服务设施，成了增城和外地旅行者经常光顾的绿带，行人和自行车爱好者徜徉其间安享休闲快乐，成了提升人们幸福指数的有效载体。流连在水畔林间，我想，如同人们穿衣不再单单是为了御寒更有追求美丽一样，当道路不仅仅是为了交通，还同时为人提供休憩场所时，那么它的意义便与人们的幸福生活联系在一起，有了实质性的改变。

云勇的山林

岭南大地，树木葱茏，春和景明。

我行走在佛山市云勇林场的山林里，面对莽莽苍苍的林海，仰望高天的一刹那间，我竟莫名地产生羡慕这里护林人的心思。云勇林场在职职工不足四十人，是一个非常年轻的团队，一大半是本科生，还有几位研究生，他们为什么要跑到这片大山里来呢？

我从他们的脚步中，从一张张满面春风的笑脸上得到了答案。或许正是这些因素让我不止一次地想到"山不在高，有仙则名"的话，当然我说的这个"仙"是一批有远见、有定力、灵魂高洁的创业者。

我是一边在山坡上行走一边思索这件事情，没走多远我发现脚下的林道有些湿滑，再瞧三两米开外的树林，那里树根周围铺着由浓到淡的一片青绿色苔藓。

"场三"路就是林场场部通往第三工区的路段。我在路边的一片林子里站立，突然听到"噗、噗"的声响，声音持续不断。我一时来了兴致，想寻觅它的来源。仔细观察一会儿发现它来自密林下蓬勃生长着的巨大海芋，那些比蒲扇扇面大得多的叶片抖动处正是水滴声响的来源。我循着树干仰望，巨大的树冠层正有阳光倾泻下来，开了天窗一样的地方射过来缕缕光芒。我静静地站一会儿后，看清那些水滴的来处，它们是从树冠间飘落下来再滴落到海芋宽厚的叶片上的。恰巧这一刻我捕捉到水滴碎裂飞溅的瞬间。更多的水滴落到地面上去，它们几乎无声，土地却更加湿润。

20世纪40年代，广东省好多地方都缺林少树。新中国成立初期，广东在全省兴办大批林场，大都定性为以造林为业的林业企业。云勇林场就是1958年兴办起来的。

驱车穿行在这集中连片的三万多亩林海里，呼吸着清新甘甜富含负氧离子的山间空气，我多少次为林场人用一个甲子的时间经历的创业、坚守和绿色发展历程感到钦佩。

长期以来，在我的意识里，广东地处亚热带地区，降雨量大，积温多，怎么会有荒山呢？过去我多次在不同季节来过广东，看到它到处绿树婆娑，四季有花，压根儿也没想过这样的地方会有荒山。要不说行万里路比读万卷书更有益处呢！直到这一次我来云勇林场才真正明白，南粤大地的荒山概念与北方的大有不同。北方人大多管那种不毛之地称为荒地，而在这里是常把没有森林的山地叫荒山。

"缤纷林海"主题公园满眼苍翠，花树纷繁。除樟树等乡土树种外，还种植大腹木棉、红花玉蕊等名贵树种。人们告诉我，没有兴办林场前这边全是荒山。第一代林场职工艰苦奋斗持续造林，所有荒山全都栽满了经济效益较高的树。

离开云龙瀑布那一刻，天就下起了暴雨，那种北方伏天才有的暴雨，噼里啪啦，地面直冒泡。汽车喘着粗气爬上林场最高峰鸡笼山的时候雨停了，可天依旧阴沉，四周云雾缥缈。我站在山顶向远处望去，云雾如墙。

凭借汽车，云勇林场六个工区一天时间可以全部跑一遍。可我不能，我要同那些驻守在密林深处的林场职工交流，了解他们的喜怒哀乐。见了多少职工和护林员，我难以记住，不过我记住了他们共同的特点：一是都穿迷彩服，二是脸庞都黑黝黝，三是口音浓重，都说佛山当地话。说身世，说护林，说自己最关心的事。他们自豪于林场人艰苦创业的坚守，抵制诱惑的理智和久久为功的探索。

群山环抱的飞马山水库四周林木苍翠，水波潋滟。库区周边的水面满是

树木倒影，蓝天白云下一派祥和气氛。我不清楚修建这座山间水库时，当地的人民付出了怎样的艰辛，可我现在了解到这一片水域对于下游百姓的好处。如今生态公益性的林场定位使林场有足够的投入保护树木，提升生态保护功能。夜间我的住处不时有蛙声传来，那种在一片蛙声中酣然入睡的感觉真好。

山还是这片山，只是由于树木更多，生态效益更好，控制水土流失和涵养水源的能力大大提高。林场职工们明白，只有靠着自己的拼搏奉献保证大山的绿色更加浓郁，自身的价值才能得到体现，林场人才会越来越自信。

我站在高高的山顶上，听着周围的林涛倍感惬意。这一刻我想到改革成果的共享，想到一个甲子里这片山林的变迁和发展，想到一代代林场人的默默付出打造的云勇样本在珠三角乃至更大范围的示范意义，我深情地为他们点赞。

第五辑

柳河圈时光

红色柳河圈

太阳每天都照常升起，或苍茫大地或浩瀚海洋，跃升地平线的一刻光明绚烂。可柳河圈不同，柳河圈人眼里的朝霞无一例外地来自东山的崖口。仰望高高的碣石山，那个俗称"娘娘顶"的仙台顶太阳露头的一刻瞬间霞光万丈，一缕缕，一道道地倾泻群山。须臾间，迎光面的山坡红彤彤，背光面的山坡黑黝黝。诚然，那阳光因山崖阻隔才绚烂，一如渤海湾的潮水遭遇巨石而咆哮。这或许就是千百年来人们称它为碣石的理由吧！

柳河圈，一个处在卢龙、昌黎和抚宁三县交界的大山坳。南以双峰山为首，北以双石顶为尾，四面环山，鸟巢一般护佑散居在柳河两岸的祖祖辈辈。柳河滋润，良田供养，千秋万代时光荏苒，岁月沧桑。

一

柳河圈有数不清的树，可今人依旧对战争年代传递敌情的"消息树"记忆犹新。

碣石山是一座久负盛名的神山。曹操的"东临碣石，以观沧海"使这座山声名远播。两千多年来，秦皇、汉武、唐宗、魏武等多位帝王曾登临此山。东五峰山位于仙台顶东侧，西五峰山在仙台顶以西。南侧山腰平台建有"韩文公祠"，为纪念唐朝文学家韩愈而建。中国共产党创始人之一李大钊1908年到1924年曾多次到韩文公祠避难。多少回他站在山巅遥望冀东大地，南面是汹涌澎湃的渤海，北面是大山褶皱里的柳河圈。在散文《游碣石山杂记》里，他赞美这一方水土是"天外桃源""是自然的美，是美的自然"。我在这片大山里割荆条、抓蝎子时距离李大钊的时代已经过去了半个世纪，他预言的"试看将来的环球，必是赤旗的世界"在中华大地已经成为现实。

消息树是把敌人来犯的消息传递给自己人的一种树，是李大钊先生"赤旗的世界"预言下中华大地上多处出现过的一种树。或苍松翠柏或杉木白杨，抗日战争、解放战争时期在中国人民与仇敌进行殊死搏斗中树立过的英雄树。

抗日战争时期，日本侵略者在山海关至唐山的铁路沿线修建了多个据点，其中龙家店炮楼离柳河圈最近。为了更有力地打击敌人，共产党冀东地区领导人曾多次潜入柳河圈，尝试在这里开辟根据地。1943年至1945年，冀东十二地委和专署机关进驻柳河圈，冀东军区司令员李运昌、政治部主任李中权等在这里运筹帷幄，调动部队。柳河北山等村创办过兵工厂、枪械制造厂、手榴弹厂、枪榴弹厂、子弹厂、被服厂等，军民共同生产军需物资，短短三年间这里为抗日前线生产了大批服装和枪支弹药，储备过大批军粮。

柳河圈是我的故乡，每次回去我都要去西山下的老宅基地里看看。抚摸着那些核桃树、板栗树，在萧索的碾盘前驻足。那里虽然没了房舍，可我知道那片山岭曾经树立过消息树，不知道发生过多少次惨烈的战斗。

"一劝抗战我的亲祖父，你孙抗战去把日寇逐，游击战争去把鬼子打，我们至死不做亡国奴。二劝抗战我的亲奶奶，你孙抗战不用挂心怀，家中老小国家有优待，抗日分子脑子要打开。"

"三月里来三月三，李运昌带来十二团，青年壮年去打仗，妇救会儿童团全把责任担。"

"河边柳林根连根，母亲儿子心连心；母亲儿子亲骨肉，军队百姓一家亲；鱼水相依齐战斗，中华儿女抖精神。"

这些歌谣用柳河圈人的口音唱出来尤其婉转悠扬，别有韵味。

当时，只要出现敌情，柳河圈里双峰山、老虎石和西山上的消息树就会撂倒，那一刻，驻在各村的八路军和民兵就会投入战斗。

1943 年腊月的一天，敌人从双峰山下进入柳河圈。消息树一倒，驻扎在各处的八路军和民兵立即埋伏起来。这一回日伪军一路向北，当他们走到山善庄一个叫北坨子的地方时，藏在密林里的民兵首先向他们开火了。北坨子往北直达北山村，往东进入葫芦峪。走在前面的伪军刚到岔路口一下子被干掉七八个。日伪军的目标本是进攻北山，没想到半路上遭遇伏击。他们惊魂未定之际，葫芦峪的民兵大老杨凭借熟悉地形的优势先向日军开枪又向伪军射击。一下引起日军和伪军互相攻击，噼里啪啦打了好一阵才发现误会了。日军小队长气得嗷嗷叫，他发誓报复，大老杨和几个民兵趁着他们慌乱之际及时进了深山。日伪军找不到打击目标，最后垂头丧气地撤出了柳河圈。这一战民兵无一伤亡，大老杨被授予民兵英雄称号，八路军奖励了他一头大毛驴。

我姑姑家在杨家台，我探亲时多次听说过村民王景玉带领特务连二排成功突围的故事。那是 1944 年 3 月 29 日，警卫员向团长曾克林报告消息树倒了！团长结合掌握的敌情判断，日伪军派出了强大兵力来"围剿"十二团。考虑到寡不敌众，曾克林决定主力部队撤离，留下特务连断后掩护。当时在冯家山的特务连二排首先与敌军交战，按照部署他们边打边撤，最后在杨家台占领了一个大院儿。由于久攻不下，气急败坏的日军抓住两个没来得及转移的老百姓，逼迫他们给二排送信劝降，结果俩人设法逃脱了。最后他们抓到王景玉，翻译官用手枪点着他脑袋说："别耍滑头！如果逃跑小心你这吃饭的家伙！"王景玉装得很害怕，内心却很镇静。他点头答应翻译官："我去送，我去送。"

走了一段路后王景玉告诉翻译官，去二排坚守的大院儿必须上墙沿着墙头走。爬上墙头，王景玉张开双臂保持身体平衡，尾随他的翻译官和两个日本兵也学着他的样子小心翼翼地走。这样四个人扭来扭去很快拉开了距离。当王景玉东摇西摆地走到二排坚守的大院时猛地蹲下去，紧接着身子一缩跳进院子。枪声响了，日军的子弹擦过他的耳边，八路军战士马上还击。王景玉跑进屋子后，翻译官和日本兵只好跳墙溜走了。后半夜，趁着夜色王景玉为二排带路成功撤出了杨家台。他们翻山越岭，终于在第二天天亮前赶到了上荆子村与连部成功会合。

北山村是柳河圈抗日根据地的坚强堡垒，为八路军在冀东地区生存做出过巨大贡献。村民张世和被日军抓住后五花大绑，询问他兵工厂和藏军粮的地方，张世和誓死不说，最后惨死在日寇的刺刀下。

当年，冀东敌占区曾经流传着"宁打山海关，不进柳河圈"的顺口溜，足见柳河圈山大沟深，八路军令敌人闻风丧胆的程度。

二

柳河圈隶属于秦皇岛市卢龙县。卢龙古名孤竹，历史悠久，文化积淀深厚。古往今来多少伟人在此驻足，涌现过伯夷、叔齐等许多名人贤达。清光绪五年编著的《永平府志》有图提示，碣石山主峰自东南向西北依次标有老绝顶等山头。从娘娘顶下来鸟道崎岖。世人大多知道碣石山在昌黎县境，可有几人知晓它背后莽莽苍苍的柳河圈呢！

冯家山村和李柳河东山里那些葳蕤挺拔的古松，只要停下脚步就有松涛响起；赵青庵和野鸡店深山里的野楸树长满沟谷，果实秋天落满山地，是野猪和松鼠过冬的最好食粮。萝卜园有一片树龄几百年的板栗树，它们是鸟的乐园。弯弯曲曲的柳河两岸杨柳依依，河畔的草地上牛羊成群。

交通闭塞、文化落后、经济欠发达是往日柳河圈的代名词。这些不利条件反过来又造就了这里的人乐于交往，讲究仁义诚信的民风。年轻时，我曾经跟随父亲去葫芦峪看望姑奶，沟谷里的小溪在阳光照耀下一片晶亮。姑奶

不负情思不负风

家里总有栗子吃，她见谁都亲，有说不完的话。我多次去葫芦峪沟口放羊，柳河从北边流来，葫芦峪的山溪从东边叮咚而下，两股水流在这里冲击形成了一片开阔地，肥沃的土壤上野草野花分外妖娆。荆条长得一人多高，一丛又一丛地开着绚丽的紫花。胡枝子的碎花紫里透红，蜜蜂和蝴蝶在周围飞来飞去。这里青蒿味道最浓，艾蒿虽然低矮却香气馥郁。山溪两边的山坡生长着天然松林，越往山里走越稠密。起风时松涛阵阵，山坳里不时有动物出没。狼、狐狸、獾、山猫、野鸡、乌鸦、黄鸟儿等野生动物常来小溪里饮水，它们见人就逃进密林。白生生的云朵飘过头顶时原本通亮的大地立马暗淡，柳河圈人管这叫"云彩过"。明暗变化时干农活的人总会直起腰身歇息，仰望着高天上那些白云变幻的图案。

六七月里空气清新，庄稼在阳光照耀下叶子油亮。高粱、玉米还有谷子大豆茎秆上总有蝈蝈和蚂蚱鸣叫，我蹑手蹑脚地走过去，它们就会立即偃旗息鼓。我知道它们隐身的技巧，不多会儿就逮了好多只，用狗尾巴草穿起来拿到家里喂鸡，喂出来的鸡生的蛋，蛋黄儿都油汪汪的。

有一回我在南河畔的花生地里薅草，远远看见一位老人走来。他一身黑衣黑裤，脚上穿着牛鼻子鞋，左肩上搭着一条钱褡子（棉布材质的背包，两头对称），右肩扛着一根扁担。扁担梢头上晃着一只酒葫芦儿。倏忽间他走到我面前，微笑着开口问我："你是谁家的孩子啊？"我告诉他父亲的名字。他脸上露出迷茫的神色，接着问了一句："你爷爷是谁？"

待我说出爷爷名字时他咧嘴笑了："这我就知道了，我们老哥俩还搭过套呢。"他见我脸上的表情补充说："你不知道吧？我有毛驴儿，你爷有犁和耙，我们合伙儿种地么。"

"你爷爷呢？"我告诉他爷爷还住西山。"还没搬到庄里来呀？多不方便啊。"说完，他把扁担从肩膀顺到地上，随手从梢头解下酒葫芦轻轻呷了一口。与此同时，我闻见了一股浓烈的酒香。这会儿我仔细瞧他，他脸庞不大却红扑扑的，头发稀疏，一双眼睛，虽小，却非常清澈。

眼下他笑眯眯地看着我："嗯，是有点儿像。"我明白他在说我和爷爷的长相。

"你这是去哪儿？"我问他。

只见他再次喝了一口酒后系起酒葫芦："我去冯家山走亲戚。"话音未落，他已经迈步了。

柳河圈人烟稀少，民风淳朴。这里有不少有作为，讲究乡间友情，心地善良的人。比如北山村的红光就是共产党进驻柳河圈时发展的第一名党员，也是第一个抗日堡垒户。山善庄有一个绰号"哲学家"的老农日子过得虽然艰难却世事洞明。比如谁家过日子缺少东西又借不到时他会开导人家"河里无鱼市上取"，说得人家咧嘴无言。他抱怨自己四个儿子不勤快，老是感叹"勤爹养活懒儿子"。

村里的赵春笑和我关系好。他特别喜欢钻研农业技术。一株本来不怎么结果的杜梨树他能嫁接好几种梨，有京白梨、安梨和鸭梨，第二年那些有花芽的枝条就结出果实，乡亲们都羡慕他。六七月份柳河圈里收获土豆，所有人把土豆刨出后都把土豆秧扔掉。赵春笑有想法，他选择了一批长得苗壮，根须长有花生粒大小的土豆秧栽进自己的自留地。秋后他约我去收土豆时让我瞠目，原本那些花生粒儿般大小的土豆两个月后长得出乎想象的大。那一回他选了最大的一个送给我，回家后我称了称，足足二斤四两！

三

卢龙县是我国甘薯主产区，柳河圈又是甘薯的集中产地。

说起甘薯，我想起一个叫陈振龙的人。他生在明代，成年后去吕宋经商。经商成就不大，却发现那里有生命力顽强又十分丰产的甘薯。他想到家乡老百姓挨饿的惨状，就潜心学习栽培技术，费尽周折把甘薯秧苗带回国内，灾荒年月救济了不少灾民。人民感恩，后世称他为"甘薯之父"。别的农作物栽培需要悉心照料，但甘薯非常容易栽培，一条藤一块地，成片的甘薯地便应运而生。

卢龙人管甘薯叫"白薯"。白薯的栽培技术怎样七拐八拐传到卢龙的我不得而知，我难忘的倒是特殊年月里上顿下顿吃白薯给我留下的痛苦记忆。饭桌上父亲见我厌食时训斥说："饱了不好吃，饿了甜如蜜。"爷爷听后不高兴了："就是大肉天天吃也腻烦！"

柳河圈人春天栽白薯，夏天翻白薯秧子，秋天出（刨）白薯，储存白薯，我浑身仿佛充满了白薯细胞。春天栽白薯须打垄，垄上刨坑栽下去。育白薯秧子算是栽白薯的第一道工序。柳河圈人在火炕上活人，在白薯炕上育白薯秧苗，可见白薯在这方水土上有多重要。

早春时节，人们像在屋里打火炕一样找一处空地打白薯炕（暖床），打好后蹲在灶膛前点燃柴草，烟火顺着火洞传递热能。把白薯吊子铺满炕面覆土，经过加温慢慢长出白薯秧子。它们刚出土时芽子白嫩，揭开草帘晒太阳会改变颜色，嫩白变浅红，浅红变翠绿。烧火，洒水，晾太阳，白薯秧子在不断炼苗儿中茁壮成长。出圃时在炕墙上搭几块木板，人们坐在上面蜷腿猫腰拔白薯秧子，一边儿拔一边儿计数，一般一百根一把，用事先浸湿的马蔺草捆起，码进荆条篓运到地头栽种。

不过，说白薯难吃绝对是冤枉。在人们想要多吃几口不挨饿的年代，柳河圈人总会千方百计地摸索粗粮细做的手法，尽可能地把苦日子过出甜滋味。烀白薯是柳河圈人最寻常的吃法。把白薯洗净码进铁锅点火就好。为了吃起来可口，新从地里刨出的白薯要晒几天，这个过程用技术范儿说法是"糖化处理"，晾晒白薯时间长短全凭经验，恰到好处并不容易。把白薯切成小丁儿与大米、小米、黏米、豆子混合蒸饭和煮粥在柳河圈的农家最为寻常。不过因软硬不同，不同的食材下锅时该分先后，不易熟的需提前浸泡。

烀熟的白薯可以晒成白薯筋儿，柳河圈人唤作"白薯蔫儿"。今天有人专门加工并命名为"白薯脯"，摆在超市里身价不菲。记忆里有一种与这类薯脯截然不同的食物，我在旁处没见过。人们陆续把每顿吃剩下的白薯摊放在屋顶的晾台上，经过长时间冷冻融化逐渐风干，整个白薯个头儿几乎没变化，内里的水分却荡然无存，像存放长久的老面包，咬起来咔嚓咔嚓掉渣儿。这种风干的熟白薯有点儿类似蓼花糖，却不甜腻，口感自然。

把鲜白薯擦成白薯干儿是一个累人的活计。擦好的白薯干儿必须迅速摊开晾晒。白薯干儿的用途很多。烀白薯干儿是一种吃法。这种吃法近乎焖，抓一盆白薯干儿洗净下锅，放水适当点火煮熟即可。要点是煮和焖的用时要拿捏到位，时间过短不熟，"焖"时过长又容易焦煳。

把白薯干儿加工成白薯面儿吃法很多，凡是白面玉米面能做的白薯面儿都能做。柳河圈人吃白薯面儿有一绝：将鲜白薯干儿放进水缸浸泡几天捞出晒干再磨成面粉，做出来的食物别有风味儿。浸泡作用全在发酵，泡多久因发酵程度而定，发酵程度取决于当时的气候。这也是经验活儿，好坏全凭感觉。经验丰富的人从缸里捞一片酸白薯干儿放在鼻子底下闻闻，用手指肚儿在表面搓一下就能判断是否可以起缸。这活计虽没有多么高深的技术，却要有足够的经验。因为每年气候不同，水缸放置的位置有别，发酵程度因环境变化而不同。有经验的人看看水缸冒泡多少，闻闻酸味儿就能确定是否出缸。用这样的酸白薯干儿磨出来的面粉颜色略白，包饺子白净筋道，吃起来微酸爽口。

柳河圈人把白薯干儿直接磨出的面粉叫"白薯面儿"，把鲜白薯粉碎沉淀滤去渣子形成的淀粉叫"粉面子"。粉面子较白薯面儿质量好，身价高。除了炒菜勾芡、做焖子和蒸粉坨，主要用途是漏粉。粉条根据需要可以漏成宽窄粗细不同的种类。粉条炖猪肉是柳河圈人每个节日都要做的家常菜。

饥馑年月里柳河圈人为果腹希望多栽白薯，不得不吃白薯时人们总会变着法子把白薯饭做得可口。他们这种改变不了现实就改变自己的做法，对此我深有体会。

今天完全不同了。如今柳河圈人种白薯早已经不是为了果腹，多半是为加工薯脯、粉条等特产了。当地政府已经把白薯加工企业作为产业化龙头进行扶持，鼓励农民开展深加工，开发出一系列加工产品，进而使土得掉渣儿的白薯大大增值。人们再也不用为顿顿儿吃白薯而抱怨了。

乡亲们说："现在是天天吃大米白面，偶尔吃一顿白薯饭是为调剂生活。"

故园花事

梦境里的"电影镜头"最近老是浮现我的故园——冀东燕山山脉里一个颇有名气的柳河圈。"圈"就是山，一圈儿山。东山、西山、南山、北山，它们手挽着手环抱着柳河平原。田畴上常年流淌的柳河来自北山，河道弯弯，河水总是亮晶晶的。两岸杨柳依依，湿地、沙地、粮田。一条河串联起十几个村庄，李柳河、大王柳河、小王柳河、朱柳河……站在柳河圈里四外张望，没有哪个方向不是山。南面的山名气最大，是曹操曾经登临，李大钊多次游历过，毛泽东《浪淘沙·北戴河》提到过的碣石山。柳河圈峰峦叠嶂，翠木森森，林间野花四季飘香，不知道多少田间的花儿让我陶醉。多少年了，再回首时它们总在我的心间摇曳。

山　花

淅淅沥沥的一场春雨唤醒山野，闻着山地的土腥味儿，我第一眼看见的就是山坡上的白头翁，挂着水珠儿的花瓣美得我总是一下子扑过去，蹲下身子，不舍得碰，生怕我的小脏手儿玷污了它们，损坏了它们娇嫩水灵的模样儿。白头翁属草本，三五寸高的花茎，花头有点儿像百合，妖娆多姿。它们那经典的蓝干净、水灵、高贵。走在山坡上看着左一支右一支，我常常挪不动步儿。

我家老屋坐落在西山的山坳里，房屋周围四季中三季都山花烂漫。白头翁、羊眼睛、胡枝子、紫花地丁、地黄、石竹，好多都叫不上名字。儿时，我在家里的任务是到山坡上拾柴火，供一家人烧火做饭。我隔三岔五地上山，捡拾被风刮断的树枝。

农历三月开始，柳河圈山地里一些阴坡还有积雪，而阳面山坡巨大石块的旮旯里就可以看到苦菜、地黄等植物放叶开花了。清冷的气候下发现它们，我总是异常兴奋，立刻俯下身子抚摸它们油亮的叶片。"山有多高水有多高"的俗话看来是不错的，那些巨石的石罅间冬天落满积雪，天气转暖时最早融化，在那里营造出一个温暖的小气候。土壤潮湿，阳光温暖，急性子的野花会早早开放。地黄的叶片紧贴地面，毛茸茸的三五片聚拢在花茎周围。它们一尺来高，塔形，三四级，每一级都有斜茎分出，叶子浅绿，花色浅粉。小喇叭形状的花朵，筋梗颜色稍深。地黄几乎是柳河圈里最早传递春讯的花儿，看着它们我总会产生摸摸它们的冲动。多少次我轻轻地从花茎上摘一朵花放在嘴唇间使劲儿吹。吹是吹不响的，倒是花托撕裂处那甜甜的汁液与舌尖接触的一瞬，我的心底会涌现出一股清新甜蜜的春味来。

房前屋后的梯田里最多拱出地面的是苦菜。在略高的山地往柳河方向看去，地气缕缕蒸腾，苦菜一簇一簇长满褐色的土地。这种野菜几乎展叶就开花儿。花茎三五根向上伸展着，像没有完工的灯笼骨架，样子极像拥抱太阳似的，根根的茎蔓弯曲向上，敞开手臂拥抱蔚蓝的天空。它们是柳河圈早春里地气升腾时最可爱的精灵。

土地慢慢转暖，也不知道从哪里冒出来那么多带壳的昆虫，它们欢快地在苦菜的细茎和小花间爬来爬去，一会儿爬到苦菜棵子上面，一会儿又在刚刚破土的刺菜间打转。我和伙伴们挖的野菜主要是苦菜和刺菜，猪和兔子都爱吃。回到家里扔给它们一把，它们总是争抢，不一会儿就吃光了。

柳河从北山流淌下来，河沿儿上的平地里野花更多，显眼的有蒲公英，最多的是车前草。与柳河并行的羊肠小道边上野花灿若繁星，蒲公英展开叶片没多久，那淡黄色的小花儿就伸长脖子长起来。几场春雨过后蒲公英圆圆的花球就开始解体，花籽飞扬的模样惹得我跑过去折上一把，兴高采烈地沿着羊肠小道跑上一阵。一人跑，其他小伙伴儿会立刻跟着跑起来，嘻嘻哈哈地满世界撒欢儿。一个人噗噗地吹那花球，别人也会跟着吹，于是那窄窄的羊肠小道上就出现了一个白花飞扬的场景。车前草的叶片灰中带绿，很有柔性，用铲子铲，能明显地感到有一股韧性。土路上刺菜也很多，开淡蓝色的花，毛病是爱生虫子，经常有甲壳虫在花茎上攀爬。刺菜的花托厚实，只是叶子带刺儿，弄不好会扎手。不过我们不怕，出去一趟挖来一大篮子，三五只兔子可以吃一天呢！

树 花

除了山花，柳河圈里招人喜爱的还有树花。西山老屋的南北山坡上栽有好多杏树、桃树和梨树。每到春天它们总会摇曳成大片花海。杏树开花最早，粉白色，几百亩山地间粉白一片，蜜蜂嗡嗡叫，满世界都馥郁馨香。它们是柳河圈早春给人间带来盎然春意的种子，杏花开放后大田里的春种就开始了。

西山脚下的老屋距离山善庄行政村有两三里路，放学回家时从学校往家里走，走在羊肠小道上遥望西山，整个山坡一片花的海洋。在花海里寻找老屋，它就隐藏在那花海的浪涛间。远处看规模，近处看细节。走过柳河进入杏林深处，杏花的香气逐渐浓烈。在杏花香气的诱惑下我总会加快脚步，健步如飞地跑进杏林深处，拽过缀满花朵的树枝欣赏一阵，平静地欣赏花瓣花蕊，早有蜜蜂在身旁嘤嘤嗡嗡鸣叫起来。杏花酷似蜡梅，粉嘟噜的让人百看不厌。

柳河圈里的桃树没有山杏多，但桃树的好处是花期集中。桃树更适合建果园，与杏树比桃树相对密植。总体讲桃花的花期略晚，颜色却比杏花更红、更艳、更温情。要不人们怎么把美女比喻为"粉面桃花"呢？

待杏花和桃花凋零后，梨花在山地的舞台上会当一段时间的主角儿。梨树比桃树、杏树要高很多，树冠也大，花朵白生生的，火爆的模样汪洋恣肆，每看一眼我都会在心里默念"风景如画"几个字。

和桃花、杏花不同，梨花和苹果花都长有花梗。花梗举着白色或是粉红色花朵，形状别有韵致。梯田上的梨花和苹果花盛开时山间早有蝴蝶飞舞，它们总是悄无声息地翩跹而至，让我心里产生美丽的情愫。我家老屋左右的山场人烟稀少，蜜蜂嗡嗡叫着采花酿蜜，声音犹如空谷足音，更显得山野清静。

板栗花家乡人直接唤作栗花。尽管我把它们归属到花的序列，它们却是另外一种，花形与核桃相似，既不像杏花、桃花那样有肥硕的花瓣，也不像梨花、苹果花那样有花梗。栗树开花时那些黄艳艳的花穗如凤爪一般挂在枝头，一簇簇一条条地向四外伸展。每簇花穗都有七八支，两三寸长短，铅笔一般粗细，蓬蓬松松。其实栗花的花蕾是生长在花穗上的，分雄花雌花。与旁的花相比，栗花虽算不得美丽，优点是香气特别浓郁，香得铺天盖地。板栗树可以独植，可以成片种植，它们葳蕤高大，开花时一道山谷和被树木包围的整个村庄都芳香弥漫。

我家祖辈生活在柳河圈，过着靠山吃山的生活，栗花也是我们"吃"的山货之一。每每栗花飘落时村人都会到栗树下收拾栗花，用栗花编成大姑娘头上的辫子粗细的"火绳"挂在屋檐下阴干，待到酷暑来临蚊虫肆虐时点燃驱蚊。小时候我曾跟父亲学习编火绳，开始不知道编多长，经父亲指点才明白——一条火绳的长度必须满足整个晚上的燃烧时间。编得短了起早会挨蚊子咬，编得过长又浪费资源。我们柳河圈人家家户户每年都要预备足够多的火绳，夏天放在屋地上点燃，缕缕香烟弥漫屋子，人就能避开蚊虫叮咬，每天都能睡个好觉。

核桃树的花穗与栗花类似却要更长、更粗、更松散。核桃花的形状像毛毛虫，花期里像小蛇似的飘落一地，常常让我们小孩子感到恐惧。可是核桃开花对于我来说却有一种"指示"意义——核桃树开花前枝丫会变绿，花芽膨胀，山里人有经验，能判断花期到来的大致日子。因为那样的日子一到，我们不懂事的孩子就可以折断核桃树的树枝喝"甜水"了。这是怎么回事？原来核桃树开花前后正是树液流动的活跃期。折断树枝后空心中会有树液溢出。那树液很甜，吸吮起来像吃饴糖一般。那会儿我少不更事，只知道"甜水"好吃，却没想过树的死活——起码折断的树枝当年不会生长核桃。大人们知道这行径会使核桃减产，发现我们这样做总要严厉斥责。所以，那会儿即使馋得"百爪挠心"也不敢去折树枝。随着年龄增长我逐步明白，那种甜蜜的液体堪比动物骨髓，故而很后悔儿时的破坏行径。

蔬菜花

蔬菜花的美不亚于山花和树花。我家老屋的前院儿是一片爷爷开垦的菜园儿，每年他都会种各类蔬菜。春天种豆角、黄瓜、西红柿、茄子、辣椒，伏天播种的基本是白菜和萝卜两大样。庭院菜园一年四季只有冬天空闲。为防备家禽家畜糟蹋，爷爷总要夹栅子圈住菜园，剩下的地方基本就是过道儿了。临近大门（柴门）的地方是爷爷搭的永久性瓜架。暮春时节随着一两场春雨降临，地气蒸腾土地翻浆后爷爷奶奶就开始在瓜架周围种瓜点豆。他们把各类种子埋进上过圈肥的土埯，用脚抿土就算万事大吉。没几天工夫，各种瓜菜秧苗就会在栅子两侧钻出头露出娇嫩的叶片儿。经过几日"炼苗儿"，再浇一两遍水，那些藤蔓植物便火急火燎地蹿着长起。奶奶总是最早发现这些植物的藤蔓哪个需要拴住，便提前预备麻绳，将那些摇头晃脑的茎蔓固定在栅子的秫秸或事先插进地里的竹竿上。在奶奶的细心呵护下，各种瓜菜可着劲儿地往上蹿，简直一天一个样儿。大门口原来只有龙骨模样的瓜架几天时间就藤蔓缠绕，绿色如盖了。从春天到夏天，雨水逐渐增多，空气愈发湿润，各种果蔬总会你争我夺地抢占空间。那白生生的葫芦花前一朵后一朵，长得是那样自然和谐；倭瓜花朵朵娇黄，像人们举着喊话的喇叭，天天吹着欢快的歌谣。蜜蜂、蝴蝶总会光顾它们，蜜蜂总有响动，而蝴蝶来时却非常安静，只在上面落下翅膀，连一丝风的感觉都没有。无论葫芦还是倭瓜，花儿刚打蔫儿，它们的瓜果就长得胖乎乎的了，养分充足，个个都发育得油光儿油光儿的。用不了多久，倭瓜、瓠子等瓜果就开始下货，跑到我们的餐桌上去了。

苦瓜我们柳河圈人叫"裂谷吊"，瓜皮凹凸，悬吊在瓜架或栅子上，娇嫩时青翠，以后逐渐变得娇黄，最后是杏红色。待到成熟瓜皮开裂露出里面红里透出黄，黄里透着红的瓜瓤时摘下来吃一口，甜得人牙疼。苦瓜的皮苦瓤甜的巨大反差曾经引起我对世间事物表里不一属性的思考。

二十世纪五六十年代，我家"五服"内的族人基本住在西山的老屋。白天大家忙，晚上乘凉便聚在瓜架下拉家常。奶奶会在月光下给我们讲故事，尽管有时也讲鬼怪，大多时候讲的都是她经历的往事，氛围乐融融的。回忆那段幸福生活，最感兴趣的当属我的堂嫂在瓜架下纺线唱歌的情形。那时候她不足二十岁，刚刚嫁到我家，想必还不知道过日子的艰辛吧？好多时候她都是搬来纺车和蒲墩，坐在瓜架下摇车纺线。其实这也没什么，奶奶还有母亲也是这样的。问题是这个新过门的小媳妇很开朗，爱唱歌。手里忙着纺线，嘴里还唱着歌。这就十足地招惹人，于是我们几个弟弟妹妹也呀呀地跟她唱，甚至有意取笑她。可是她不在乎，依旧纺线唱歌。在那样一个瓜架的浓荫下面，堂嫂身穿花衣摇车纺线，边唱歌边干活儿的情景永远地定格在了我的脑海里，成了我对柳河圈老屋记忆里一个十分有趣儿的片段。

瓜架上的牵牛花是不用种的，可是每年它们都是瓜架和栅栏上的重要成员。它们是不请自来的主儿，没人打理，总是自生自灭。可它们生命力极强，从不用奶奶引领和捆绑，每年都不失时机地爬满栅子的秫秸。尤其晚秋时节，那些牵牛花长得极旺，持续不断地开花。它们的花有深蓝、浅紫、粉红几种，大有"百花齐放"的阵势。它们的藤蔓昂首挺胸，见缝插针，蓬勃生长，秋风吹来依旧在瓜架上轻松舞蹈，用自带的小喇叭吹出生命的歌谣。

有一种柳河圈人称为"老婆子耳朵"的扁豆，一般都种植在栅子底下。藤蔓的爬行能力极强。它们获得这个称号大抵是形状与人耳朵相似。这种扁豆不好吃，好处是丰产。它们生命的勃发期是晚秋，总是摘了一茬又长一茬，院子里种植几棵就能满足一家人的需要。可是在我眼里，丰产不丰产我不在乎，我极喜欢它们的花色。霜降前后它们生长的劲头好像难以控制似的。有露水的清早天儿柔和的阳光照耀过来，露水把整个豆秧浸得湿漉漉的时候，这种"老婆子耳朵"叶子绿得深沉而干净，花头总是朝着天际开放，一嘟噜一嘟噜的。颜色浅蓝，靓丽、新鲜，非常养眼，让人心甜。

庄稼花

或许我是农民后代吧，在各种花卉里我还喜爱庄稼花。我的心里高粱花是十分美好的。在我童年的时光里，我们柳河圈的大田（与山地的梯田相比是上好的耕地）里每年都种好多红高粱。"高粱晒红米儿"在我的家乡可以看作成语，意思是大秋到了，农作物到了收割时候。高粱，高"粮"也！可见高粱在我们家乡口粮中的地位有多高。高粱花尽管看上去不起眼，但是你如果有耐心，真正静下心来站在秋风摇荡下的青纱帐的边缘仔细瞧，我相信你或许会生出崇拜的情愫。那青纱帐摇曳起来唰唰作响，犹如大海的波浪一般涌动，远远地看过去你会感到场面奇特，胸怀一准儿荡起激情！高粱开花在柳河圈里称为扬花，其时微微秋风中的高粱花随风飘落，星星点点地落满地垄，那金黄的色彩没准儿你会质疑它们究竟是花粉还是金粉呢！

许地山先生曾经夸赞落花生，说"它的果实埋在地里，不像桃子、石榴、苹果那样，把鲜红嫩绿的果实高高地挂在枝头上，使人一见就生爱慕之心，你们看它矮矮地长在地里，等到成熟了，也不能立刻分辨出来它有没有果实，必须挖出来才知道"。许地山对落花生的赞美难道是溢美之词吗？不，落花生的属性的确是朴实的。这一点，即使从落花生的花朵里也能体现出来。落花生的花儿不大也不丰满，不经意地看过去甚至感觉它们的颜色是干巴的，可就是这样一种花，却总是默默地在地下孕育果实。

庄稼花的终极使命是孕育粮食，全不像专事装点的花卉那样艳丽。比如水稻小麦这样的"细粮作物"，还有高粱玉米这样的"粗粮"作物，或许猛地一瞅还认为它们不开花呢！实际上它们是没有一样不开花，没有一样不结籽的。再如棉花，由于习惯的原因，一些人只是把我们人类纺线织布用的籽棉看作棉花，因此反倒把真正的棉花花忽略了。对此棉花委屈了吗？没有！棉花是成熟的，不会因为一些人没有认可就枯萎，也不会因为一些人不承认就不再开花。其实，棉花不但有花，而且花还非常好看！但它们不是为开花而开花，它们从来没有忘记通过开花孕育棉桃儿的使命。

还有玉米，在你心目中玉米有花吗？告诉你吧，玉米不但有花，还分为雄花和雌花呢！玉米秸秆顶上的穗子是雄花，玉米须子是雌花。你看那刚刚从青棒子里探出头来的嫩须，它的姿色多新鲜！起先，它裹在棒子的绿衣里，金黄金黄的很像洋娃娃头上的缕缕金发。再过几天，它开始变得粉红、橙黄。它的这种美欣欣然，健康色，无与伦比。在我看来，玉米须的这种美丽画家是难以描摹的，辞家只靠语言也难以表达准确。我要劝说人们，你要真想欣赏玉米雌花那种美丽的话，必须亲自到玉米地里去观察去体会！连看从市场买来的青玉米棒子里的花丝也不行，不身临其境，要获得美的享受很难。

芝麻花的美好更不用说了。人们说"芝麻开花节节高"。除了美好的寓意外，难道我们就不能省察出芝麻花独特的美丽吗？能够酝酿香油的花朵其内在的优秀品质我们能怀疑吗？

水稻开花也不怎么起眼，可是稻花的芳香却那样深沉迷人！多少个秋天的傍晚我蹲在稻田的田埂上，闻着水稻扬花时那沁人心脾的花香我总感觉心间特别甜美。那一刻我总会心旷神怡，感到生活特别美好。但凡这样的时候我总会情不自禁地哼唱起《我的祖国》里最为经典的歌词：

"一条大河波浪宽，风吹稻花香两岸……"

啊！稻花的香是甜美的香，是来自泥土的香！

燕山深处的年味儿

在柳河圈，广义的过年从腊八开始，到二月二"龙抬头"结束。而狭义的过年是单指腊月三十儿这一天，叫过大年。

年味儿，在柳河圈里弥漫开的是一个红红火火的过程，像一场完整的大戏。有序幕，有发展，有高潮，有结局。在约定俗成中，形成的是我对柳河圈最美好的记忆。

在我的记忆里，腊八早晨孩子们比平时起得早，在父母的招呼下早早穿衣，早早洗脸，之后都像馋嘴猫似的等着吃腊八粥。当母亲端着热气腾腾的粥盆出现那一刻，"吃了腊八饭，还有二十二天半"的声音也会随着粥的香味儿飘进屋里。母亲的话像磁石，会马上把我们兄弟姐妹吸引在一起，雏燕似的围在饭桌周围，高举饭碗抢着让母亲盛粥。

这时候，我们当中总会有人鹦鹉学舌一般重复母亲的话，或豁牙子跑风漏气，或稚拙地说不利索，惹得一家人开怀大笑。在这样的言谈话语中，屋里便慢慢飘散开米香菜香，氤氲出超乎寻常的喜庆气氛。山区杂粮多，干果多，因此母亲熬出的腊八粥总是花样丰富，黏稠喷香。在那样一个数九寒天的时令里，全家人围坐一起有滋有味吃粥的图景，永远地定格在我记忆的底版上了。

腊月二十三是小年。到了小年，过年便渐次进入高潮了。"二十三糖瓜粘，二十四写福字，二十五扫尘土，二十六做豆腐，二十七宰年鸡，二十八把面发，二十九耗油儿，三十儿晚上熬一宿，大年初一街上走。"因此小年一到，过年便开始了"倒计时"。备年货，赶年集，制备食品，事情一件接一件。年，既是我们民族的节日，更是每个小家的节日。大事小情、人情世故都要考虑周全，容不得半点马虎。

过大年是整个节日高潮的顶点，是展现民俗年韵最集中的日子。在我们家，这天的头一件事是贴春联。二十世纪五六十年代农村生活很清贫，一般人家都不贴春联。但是我们家例外，我父亲是革命伤残军人，是上级要求走访的优抚对象，所以村干部每年都来贴春联。记得吃完早饭不久，两三个村干部就来了，他们手捧着红底黑字的春联走进院子，一边走一边呼唤父亲："老冯，给你贴春联来了，在家吗？"听见喊声，父母会立刻放下手头的活计迎出去："来，先进屋暖和暖和。""不了，贴好春联再说。"这个时候，我们兄弟姐妹还有左邻右舍的伙伴们也会闻声停下撞拐、弹球儿等游戏，凑过去看新鲜。之后，父母便与村干部一起贴春联。他们一边干活儿一边聊天，村干部总会询问家里年货的准备情况，生活有没有困难。这时候父母自然高兴，连声感谢村干部的照顾和关怀。在我没有外出工作的那些年里，村干部来家里贴春联是大年三十儿我们家一个固定的节目，那种喜庆的情景，成了以后我的一种美好记忆。现在，虽然那些春联的具体词句已经模糊，但那横批"光荣人家"却永远留在了我的心间。别看春联不能吃不能喝，但它代表的是一种荣耀和待遇，我们山善庄一二百户人家，享有这种待遇的几乎没有，因此乡亲们很看重，父母也会提前扫好房子，把门框上的旧春联清理干净，盼着贴上新的春联。对于农村的宅院来说，贴春联能产生画龙点睛的效果。在春联的装点下，庭院立马蓬荜生辉，增加了几分生机。走进贴了春联的家门我会陡长精神，走路也会不知不觉地加快脚步。

过大年的一个重要节目是吃年饭。临近中午时分，整个村庄都香气弥漫，甚至在墙壕里走路，也能听到沿街人家发出的"吱哇吱哇"的耗油声。老家过大年的午饭必定"大块儿吃肉、大碗儿喝酒"。尤其特殊的，我家乡的人管吃大块肉不叫吃而叫"逮"。吃饭时劝旁人吃肉往往说："来，逮一块！"

这样的时候，围拢在桌子周围的一圈儿脸庞都花儿一样开着，房间里的每个角落洋溢的全是温馨。我的童年尽管家境清贫，过大年的午饭父母却格外大方，米饭一定做出富余，粉条子炖肉也管够；还有炸肉馅儿的饹馇盒儿，"猴顶灯"扣碗菜，这些荤菜因为费工平时不做，过年的时候却肯定要上桌儿。在我的记忆里，大年三十儿那天的午饭我总会吃得嘴丫子流油，肚子填得"沟满壕平"，不吃到顶嗓子不放筷。

饭后我们孩子的活动自然是玩儿。左邻右舍几个伙伴凑在一起捉迷藏，满大街追赶着滚铁圈，单腿独立蹦着撞拐，中午饭吃得再饱经过折腾肚子也瘪了。天擦黑时大家便张罗过除夕的事。除夕夜辞旧迎新，年夜饭总会包饺子。包饺子的活儿父母不用我，但烧火的事总会交给我。要煮饺子了，母亲会找着喊我："去，把芝麻秸抱来。"听到母亲的吩咐，我会径直走到草棚子的墙角去，抱起在那里戳了足有半年时间已经干透了的芝麻秸，放在堂屋地下点火烧水。为什么年夜饭煮饺子要烧芝麻秸呢？一是俗话儿说"芝麻开花节节高"，用芝麻秸烧火，寓意生活一年更比一年好。另一个原因是芝麻秸燃烧的时候"噼啪"作响，犹如鞭炮里的"小鞭儿"，其脆生生的响声连同"呼呼"上蹿的火苗子，能够让人联想到红红火火、有声有色的生活。燕山深处的农家都遵循这样的讲究，秋天里预备一两捆芝麻秸存起来，单为除夕煮饺子。我知道，那是人们为讨个好彩头，是埋在心底的美好愿望！

小时候我们没钱买鞭炮，守夜只好燃篝火。点篝火最好的燃料是松枝、柏枝和芝麻秸。松枝、柏枝易燃，芝麻秸的好处是烧起来"噼啪"爆响。一堆篝火燃起来，我们孩子们便一个接一个地抻着棉袄后襟围着篝火转圈子，一边转一边喊叫，也唱歌，转过几圈后再加柴火。有空闲的时候，父母会来到篝火旁，用粗木棍儿去挑篝火里燃烧不充分的柴火，让它们烧得更旺。在庭院里笼火的火堆虽然不大，但照样火光冲天，红红的火焰照在每个人的脸上，现出容光焕发的模样。偶尔村庄上空也会传来鞭炮声，我们便仰望钻天猴在空中划出的彩线，听二踢脚在高天发出的炸响，欢喜的心情无以言表。过年的各种活动像一场高潮迭起的音乐会，这会儿到了最高的高潮，我们打闹，我们狂欢，手舞足蹈，难以自制。以至于父母喊我们吃饺子时我们还忘乎所以，意犹未尽呢。听说吃饭了，我们又叽叽喳喳跑进屋里抢座位。剩下的篝火自然由父亲去处理。那会儿没有春节电视联欢晚会，也没有钟表报时。吃完饺子我们就开始打盹儿犯困了。看着我们一个个东倒西歪打瞌睡的模样，父亲往往一边与母亲说笑一边走到庭院里去看星星，看月亮，以此估摸时间的早晚。待他从寒冷的院子里"唏哈唏哈"地跑进来，对我们说"过年了，过年了"的时候，我们虽然也会跟着喊上一两句，但其时眼皮子早已打架。睡意袭来，我们很快都钻进被窝里去了。

当新年的阳光照耀窗棂的时候，揉着惺忪的睡眼我慢慢醒来：一下子觉得大年初一到了，新的一年到了。从这一天开始，我们要在父母的带领下走亲访友，到处拜年。或是在家里宴请亲戚。等到拜年拜得差不多了，正月十五元宵节也就到了。

整个正月，人们所做的事情都轻松愉快。柳河圈里很寒冷，正月里没农事，人们会完全地放松自己。走亲访友外男人打牌的多，女人围着火盆聊天的多。当然，最聚人的活动是唱戏。二十世纪五六十年代我们柳河圈里一些村庄还保留着旧戏台，唱的也多是旧戏，我记得的剧中人物有佘太君、薛仁贵、陈世美等。近些年我偶尔回去过年，别说老戏，连戏台也不见了，据说电影也很少放。与族人说起这些，他们都笑着说，热炕头儿上坐着看电视，演员长得都花儿似的，想啥时候看就啥时候看，可比先前享福呢！

什么时候才算过完年呢？那要等到二月二"龙抬头"。这天母亲照例会安排一顿好饭，吃饭的时候她会说："二月二儿，馋老婆掉眼泪儿。"我明白，母亲说的这句俗话肯定不是蔑视妇女，而是说以后再也没有年货可吃了。

从这天以后，年的韵味儿是一点儿也没有了。

庭院里的菜园

冀东农村的菜园大都安排在庭院里。人们说，"丑妻近地家中宝"，庭院里的菜园因为近，所以格外地被看重，乡亲们总把菜园收拾得锦缎似的。

那庭院和菜园的格局，一般是将一个宅院以道路为中心分成东西两半，一半盖鸡窝、猪圈等，一半做菜园儿。我经营过的那个菜园儿方方正正，足有一分地。开春的时候，先沿着它的边儿夹上栅子，使它成为一个封闭的单元，防备猪狗鸡鸭进去祸害蔬菜。

菜园的面积虽然不大，却总是安排得非常紧凑。在哪里种黄瓜，在哪里种豆角，在哪里种菠菜，心里早就谋划好了。庄稼人惜地，往往连栅子下边也要种几棵倭瓜，放水桶的木架下面也要种上一蓬端午节要用的马莲草。总之是处处都精心设计，周密安排。冀东农村庭院里的菜园，是农人最好的朋友，是他们把心思和体力用得最多的地方。

庭院里种菜最大的好处是教人勤快。北方的冬季足有半年时间，长得让人生厌。开春儿了，经过一冬的休息，已经脱掉了老茧的手感觉着痒痒了，人们便开始琢磨，该干点什么呢？盘坐在自家热乎乎的炕头儿上，隔着窗户往外一看，第一眼见到的就是庭院里的菜园地。村庄的小气候已经使那里现出了翻浆的模样，地气开始萌动了。这时候，做着针线活儿的妇女们往往也变得爱叨叨了，她们催促那些一天天伸懒腰的男人去做种地的准备："院子里的地都开化了，还不快点儿育秧苗儿？"于是，男人便会走出屋子，随手从墙根儿拿起一件农具，站在院子里敲打脚下的土地。往往是土地刚刚化了一小层儿，他们就开始刨起来。其实他们明白还没有到种地的时候，他们这样做一半是为了活动一下身子，一半是为了躲开妻子的"喋喋不休"。我们老家播种最早的蔬菜是大蒜。土地还处在白天融化、夜晚又冻硬的时候大蒜就可以播种。当人们将那白生生、胖乎乎的蒜种播进土地的时候，人们认定，今年的春种开始了。

为了多栽几样菜，某个品种的面积就不能过大。往往是这个品种栽一畦，那个品种栽半畦。这常常造成种苗短缺，一家一户不可能培育所有秧苗。那该怎么办呢？农家交往多，一般早就约定了，你家育辣椒，我家育西红柿，他家育黄瓜，栽的时候互相交换。即便这样也还是不能完全满足。插秧的时候，往往会出现为一根菜秧找半庄的情况。等到村东头儿的张家从村西头儿的刘家得到了菜秧子，两家从此便多了联系。

"庄稼一枝花，全凭肥当家。"庭院里的菜园就在院子里，因此不愁肥。菜是水货，断不了水。我体会到，太阳刚露头儿那会儿浇菜最能够长菜的精神。因为这，我总是早早地起来去挑水。

那时候我十六七岁，身上总有使不完的力气，看见别人挑水的扁担颤悠悠的非常羡慕。跟着，我便产生与那些人比试谁跑得快的冲动。我至今还记得，当时我们村里有三个与我年龄相仿的伙伴，大家总是一起浇菜，暗自比试谁走得最快。当时我们都喜欢穿一种时兴的红背心，脚步轻快得像舞台上的演员。偶尔我们排成一队，扁担颤得悠悠的，如一团红色的火焰飘过街心，成为我们那个山村清晨里一道亮丽的风景。

如同人们常说的"吃鱼不如打鱼乐"一样，种菜有其独特的乐趣。况且，庭院菜园用不着安排专门的时间去侍弄，只在回家等着饭熟的空当儿就可以做好。庭院菜园离炕头儿三五米，与其说是到那里劳动，还不如说去那儿看风景。松松土，摘摘虫儿，或是站在瓜架旁边欣赏那一天天长大的果蔬，使人在劳作中产生莫大的享受。因此，我非常乐意到菜园里面去。这边儿是一畦黄瓜，那边儿是一畦豆角，前面飞来一只蝴蝶，旁边有蜜蜂嗡嗡地叫，篱笆上面开着水灵灵的倭瓜花，哎呀！那是怎样一种美的境界！在自家的庭院里种菜，就像与一群小孩子玩耍，这边笑，那边闹，拥着水灵，带着光鲜，到处都是乐趣儿。有些蔬菜甚至会捉迷藏，比如大叶儿的黄瓜和茄子，昨天还不见，今天一个水灵灵的果实就猛然出现在你面前，让你看了心里愉快得无法言说，非得轻轻地抚摩一下心里才过瘾。劳动着，不是外在的愉悦，而是从心底深处生出一种快感，油然的，像给心灵输氧！特别是当你陶醉在绿色的世界里，听到母亲呼唤"吃饭了"的时候，那种幸福的感觉简直没法形容！

庭院菜园的蔬菜基本是为了自用。不过，收获的时候乡亲们总忘不了曾送给自己秧苗的邻居们，他们把摘下来的新鲜蔬菜给左邻右舍送一些。你送我一把菠菜，我给你几根黄瓜，连院子都不出，笑声却能够传遍半个村庄。

春天种的各种蔬菜拉秧了，便开始播种萝卜和大白菜。"头伏萝卜二伏菜，三伏里头种荞麦"，这个时候，人们总要对菜园的土地全部翻耕、施肥。随着时令进展，一转眼工夫白菜、萝卜就水灵灵地遮住了畦埂。这两样菜都喜水，尤其是大白菜，更是隔不几天就要浇。我特别喜欢白菜长到遮住畦埂时候的菜园了。秋天的朝阳照耀着菜叶，甜甜的，亮亮的，让人看了打心眼儿里喜欢。把水桶放在菜地的边沿，舀出一瓢水，抡起胳膊远远地一洒，丢银洒玉一般，在菜地上方形成一道彩虹，云烟氤氲，那情形真让人感觉惬意。浇水、施肥、摘虫儿，只消几个月，满园的大白菜就成熟了。天渐渐地冷起来，当人们担心降雪会把大田里的作物盖在地里的时候，却从不担心庭院菜园里的白菜会受冻。它们就长在自家的院子里，即使天上真的飘起雪花来，全家人一起动手，只往树下和院墙边一堆就解决了，顶多在雪大的时候找些草帘苫一下，绝不会造成损失。

到了一年的最后，庭院菜园还有一个用处，那就是挖菜窖。菜窖就在菜地里挖，上面搭上木条、树枝，盖上秫秸，再覆盖一层土，把白菜、萝卜装进去就算万事大吉了。

一般情况，这个时候冬雪已经来临，如棉絮一样的雪会把整个庭院、菜园连同菜窖全部覆盖了。到这工夫，忙碌了一年的庭院菜园就算完成了使命，终于到了休息的时候，开始睡觉了。

香香嫩嫩豆腐仔儿

　　我冀东老家的人们说起豆腐仔儿这种吃食时语音非常动听。其实，不光豆腐仔儿的名字听起来委婉曲折，吃起来更是回味无穷，香香嫩嫩，独具特色。

　　做豆腐仔儿的方法比做豆腐的方法要复杂一些，因此只要有空儿，家里人都要跟着忙。先要挑豆儿，这活计是大人小孩都做得的。豆儿中有发霉的，被虫儿咬的，须一律挑出。经过精选，再把豆子泡起来。如果预备中午吃豆腐仔儿的话，一般早起就泡豆子。豆子泡得胖涨时就开始磨豆汁。把冲洗干净的大簸箕放在炕上，再把小石磨放在大簸箕里，一只手摇磨杆儿，另一只手不间断地往磨眼儿里送豆子送水。这活儿说来简单，其实干起来也是很累的。但是如果家里人都勤快，轮换着磨也很快，只消个把钟头半盆豆子就磨完了。

　　接下来是把豆汁子倒进锅里烧，估摸温度达到五六十摄氏度时将热豆汁子灌进专用的纱布口袋里。把事先预备好的木支架放在锅沿儿上，一手拧紧灌满豆汁子的袋口，同时双手一起把它托到支架上使劲儿挤压。那灌满豆汁子的纱布口袋就像饱胀的牛乳一样，一经挤压，奶汁一样的豆汁儿便流进锅里。不一会儿，口袋里就全剩豆渣了。

　　下一道工序是把锅里的豆汁儿烧开。见到锅里的豆汁儿沸腾，就要准备盆盆碗碗，把熟豆汁儿舀进这些盆碗中。在往盆碗中舀豆汁儿之前，要在盆或碗的底部放上不同的佐料。最常用的有猪油或花生油、盐、花椒面儿，葱花儿、菜叶儿、虾皮儿、粉丝等，这些因人的口味不同而自行决定。预备妥当了，把滚热的豆汁儿往盆里碗里一浇，之后就放在屉上蒸。因为佐料不同，

做出来的豆腐仔儿有所区别。我小时候母亲做的花样总不下三五种，而我最爱吃的是放葱花儿、虾皮儿的那一种。

蒸熟了，揭开锅盖，一股白白的水蒸气直冲屋顶。顿时，豆腐仔儿那特有的香味儿便会弥漫整个堂屋。

蒸好的豆腐仔儿黄灿灿，油汪汪儿的。葱花儿呀，绿色的菜叶儿呀浮在表面，碎粉条儿啥的沉在底部，中间是结结实实的豆腐仔儿。好的豆腐仔儿既嫩又结实，用一根竹筷子插在里面不会倒。

豆腐仔儿是菜，但也有饭的功用，顶饿。特别是在天寒地冻的冬日，锅下焖半锅米饭，屉上蒸上三五盆豆腐仔儿，既经济又实惠。屋里到处弥漫着米香、豆香、油香、菜香，一家人围坐在一起，热气腾腾地吃，那氛围只有农家才会有。

豆腐仔儿好吃，类似鸡蛋羹，却没有鸡蛋羹的腻；豆腐仔儿和豆腐都是豆子做的，却比豆腐香。哎！又何必比呢？豆腐仔儿之所以在一方水土上久盛不衰，原因就是它的风味儿是独特的。

冀东老家的豆腐仔儿不仅仅是一道美食，留给我的更是一种快乐的记忆：做，其乐融融；吃，更是其乐融融。

绳捃子

绳捃子在我眼前晃动着，现出油光锃亮的暖色。虽说在农具中它小得不起眼儿，却磨砺出独特的光芒。其实，所谓的绳捃子不过是一根枝丫，绳子如身，捃子是头。尽管本是一小段儿树枝，被人砍下后锯短，削尖，熏烤，直到树皮脱落，一对儿"羊角"在人的强力下弯曲合拢，系上绳子，便成了上好的农具。

轻轻地，把绳捃子铺在山坡地垄，再把一抱抱庄稼秸秆山柴放在上边，抓起绳子穿过捃子用力拉，三下五下，越拉越紧，松散的山柴越勒越实。最后，嘴里"嗨、嗨"地铆着劲儿，拉到极限，才把绳子打结，套在木捃子的尖头儿上。

山柴捆得结实，即使再重再高也会形成一体，偶尔不慎滚几下，也不会散架。蹲下身子，顺着山势背起来，一路安然无恙。到家，只要轻轻一拉，捃子上的绳子，就会顺利开套儿了。

绳捃子，四季使用，承担了强大的拉力。甭问，选择哪种树枝制作就格外要紧了。杨柳、椿树材质软，只有那些桑树和蒙古栎等硬杂木才好。庄稼人不仅要有力气，还得有顺手儿的家什。一个农家如果没有一条好扁担，没有几件好农具，往往出力不出活儿。用绳捃子捆柴火，在半路上散架，准会遭人笑话，无非是调笑他孬包，"瘸驴拉破磨"，无论如何，也称不上好"庄稼把式"。

虽说绳捃子算不上大农具，却没有哪个庄稼汉轻视。进山砍柴时，务必留心，一旦发现合适的树枝，准会据为己有。回到家里精心截断，仔细熏烤，削剥光滑。有心的人还会把绳椐子的尖儿削得略翘，这样更有利于套住绳子，捆扎结实。

我住西山，树木众多，堪做绳椐子的林木资源丰富。老辈做的绳椐子个个结实，细致灵透。祖父看重了蒙古栎，树枝很细时被他逐一削断，枝丫柔软时，又被弯成"里紧外松"的形状，用细绳儿把它们拴在一起。经过一季，冬天落叶后枝丫完全木质化了，再砍下它们，做绳椐子。砍的季节晚，材质坚硬，省却了熏烤扭曲的经历，那些绳椐子个个结实，它们浸透了祖辈的汗水，都磨得有了包浆。绳子断了多少条，它们都没开裂。看来，上好的手艺，确实堪称宝贵的财富。

古书上说，椐是一种小树，枝节肿大。其实，枝节肿大的小树，大多属于灌木，木质坚硬，用它们作椐子，肯定合适。燕山一带，称这种农具为"绳椐子"，太行一带则称其为"勒头"。称谓不同，功用却一致。软绵绵的绳子和硬邦邦的木头的长处归拢起来，便有了成功束缚他物的本事。

盐豆儿就饭

"家藏万贯，不可盐豆儿就饭"这句俗语的意义很明白，它告诫人们过日子要节俭。同时还包含着盐豆儿好吃的意思。

盐豆儿果真是美味吗？没有饥馑年代生活体验的人对此或许不屑：不就是炒黄豆吗？哪儿有那么玄乎！——还真的不玄。炒过的黄豆经盐水浸泡挥发出来的芳香非常独特，用来就饭常常让我吃得顶嗓子也不撂筷。

盐豆儿怎么做呢？说来并不复杂，就是盐水泡炒黄豆。操作步骤大致有三：首先黄豆破碎的，带虫眼儿的，霉变的都要选出去，选出来的粒粒饱满的黄豆用水清洗，除去灰尘再用笊篱沥干备用。其次要预备饭碗并倒入少许酱油和咸盐，用筷子打散使其融化。第三步是炒黄豆。黄豆放进铁锅后不停搅拌确保它们受热均匀。豆粒上的水分蒸发后开始跳荡爆裂，发出细微的干香气息。听着锅内的响声渐渐平息，看着豆粒儿变了颜色，判断所有豆粒儿都熟透时迅速把它们倒入事先预备下的盐水碗里。"唰"的一声，热烘烘的豆粒儿扑进盐水的一刻迅速盖上盘子，焖上片刻等待焦热的豆粒儿与盐水互相作用。豆粒儿逐步吸足水分，感觉盛放盐豆儿的盆碗不烫时就可以上桌儿了。

盐豆儿不属菜蔬，类似咸菜，不软不硬，老少咸宜。冀东地区环渤海，过去海货充足，与"家藏万贯，不可盐豆儿就饭"类似的土话还有"臭鱼烂虾，送饭的冤家"。两样都是调动味蕾的尤物，用它们"就饭"人的饭量会大大增加，自然就浪费粮食了。

做盐豆儿虽不复杂，也不是随随便便就能做好。豆子要新，最好是当年采收的。再有就是一定要掌握火候，搅拌到位豆粒儿才会同步成熟。

如今经济条件好的人家炒黄豆也会放油，这种时候把握油温就变得十分重要了，搅拌不及时，生的有豆腥味，熟的又发黑焦煳。放酱油为的是提鲜，放多放少全凭自己的喜好。盐豆儿味道鲜美，又宜菜宜饭，非常适合忙碌的农家。

不用盐水浸泡，干炒黄豆也是有的，放凉后装进口袋随时取食。冀东地区的人们做盐豆儿不一定一次吃完，剩下的会放入容器晾干，随吃随取。盐豆儿也好，炒黄豆也好，都有丰富的膳食纤维，可以加快肠胃蠕动，促进人体消化吸收，有补虚开胃和益气养血的功效。

可是这么好的东西现在的年轻人已经很少吃了。他们差不多都没了对这种美食的认知。我这样说是有凭据的，近日读一个年轻作家写的记录二十世纪五六十年代艰苦岁月的作品，他把人们吃盐豆儿就饭说成困苦的表现，简直是南辕北辙。那个年代盐豆儿绝对是美食，家境差的根本吃不上。

不可用盐豆儿就饭的根本原因是它能提高人的食欲。费饭，自然就浪费粮食。那么家藏万贯在今天该是多少财富呢？我考证了一下，"贯"作为钱币计数单位始于西汉武帝时代，一直到清朝还在应用。有专家考证，如果按照宋朝钱币的购买能力计算，一贯钱相当于七百七十文。那么"万贯"就是七百七十万文。当时的一文钱大致相当于今天的三角钱。如此折算起来"万贯"就相当于今天的二百三十万元左右，数量相当可观。"家藏万贯"虽是泛指，拥有万贯无疑算得上豪富。如此富裕的人家都要限制吃一碗盐豆儿，足见旧时代人们的生活水平很低。反观现在，就是没有百万家财谁还在乎吃一碗盐豆儿呢！

柳河溪谷

"九九"节气歌里的物候特征按说是黄河下游的古人总结出来的，可柳河溪谷也基本适用。"六九"节气过上几天，柳河溪谷就有了春的端倪。走出老屋到距离柳河不远的井里挑水，土路两边儿的积雪开始消融，羊群留在雪地上的蹄印模糊起来。偶尔听见"吱"的一声或"噗"的一下，看看周围没啥发声的东西，其实那多半是融雪——白雪和黄土地出现了缝隙。雪在悄悄缩小体量，土地在释放热能中吮吸积雪融化出的雪水。不过会突然变天，融雪再被冻结。正午阳光照耀，房檐滴水，滴滴答答落进脖颈时凉得人直咧嘴。

放眼望去，整个溪谷的积雪在一天天变薄，山坡上大石头的罅隙间绿色开始萌动，地黄和苦荬菜最先破土，叶子油亮油亮得让人喜欢。从北山那边吹过来的寒风掠过树梢，"呜呜"的调门儿已经明显降低。仰头看看西山，在山顶一直盘旋的山鸦嘎嘎地叫得更欢了。

爷爷奶奶每天很早起床，我只在父母带我走亲戚时才偶尔早起。黎明时分空气清冷。站在老屋庭院往东山瞅一眼，山林黑黝黝的，星星在天穹上慵懒地眨着眼睛。其实那会儿我比星星们还犯困呢。看见它们无精打采的样子，我心里抱怨父母不该让我起得这么早。不过，柳河岸边那条土路已经有脚步声和低沉的絮语传来，羊肠小道儿上影影绰绰，有骑驴赶路的身影在晃动。

那一次母亲要带我去二姨家"做十儿"，不知道为什么要起那么早。父亲配合母亲准备要带的礼物和我的穿戴。从东山崖口投射过来第一缕晨光时，我们在奶奶的嘱咐声中出发了。

河床边沿的土路白花花的，瞬间晨光乍泄，树冠镀了金色。身后传来踢踢踏踏的脚步声，原来是一男一女两个骑驴的人。我们见状赶紧让路，在路旁站立一会儿，见他们快速走过去，母亲明显加快了脚步，我需要小跑儿才能跟得上她。

前面出现了一个戴旧毡帽的老头儿，到近处才发现他正猫腰用铲子往粪箕子里拨拉驴粪球儿呢。我想一定是刚刚超过我们的那两头毛驴拉的，现在让他拾到了……

天色越发亮了，远处的杨树林里传来群鸟扑闪翅膀的声音。微风拂面痒酥酥的。蛋黄色的太阳颤抖着在碣石山巅上升，一片乌云依偎在它周围，铅灰颜色的云彩深浅不一，非常平静。

经过杨家台时我听见一只公鸡在打鸣，我想它一定是一只懒鸡，我们要是靠它司晨可得误事。经过小王柳河街道时村头儿上的那户人家的门吱扭一声开了，有人探头张望一下，见到我们时便掩门回去了。

走上鞍子岭那一刻天完全亮了。母亲放慢了脚步，在那个柳河溪谷西出口儿的制高点上遥望天际，灰暗的天色已经隐去，升高的太阳光芒四射，满世界都明亮了。

地气蒸腾的模样真让人兴奋。"七九"节气一到，柳河冻结一冬天的坚冰有了变化，过去河冰是横茬儿的，现在成了劈柴片子似的竖茬儿。如果你能静静地在河边蹲一会儿，一定能听见河床里哗啦儿、哗啦儿的细小声音，那情形告诉人们春水已经流动了。

山花开了又谢，好农人却没有一个在意它们，连牧羊人也熟视无睹。他们只在意啥时候会下一场雨，只有山草蓬勃生长他的羊才会快速长膘儿。牧羊人会为母羊下羊羔儿高兴，"羊"丁兴旺会让他的钱包鼓起来。只有我们一群"吃凉不管酸"的半大小子才有心思去山坡上看花，揪下一片白头翁的花瓣含在嘴里品尝味道。我们常常花一两小时在松树林里寻觅鸟窝，在新翻的庄稼地里追逐沙蜥，在河滩的土坎上踅摸獾子的洞口。

从早春到初夏，柳河溪谷里到处生机勃勃。远远望去，那些尚未翻耕的白地上地气蒸腾，丝丝缕缕间，地垄上绿影闪烁，那些过去被人遗弃在泥土里的杏核破壳后长出浅黄娇嫩的小杏苗儿，它们的样子是春风里柳河溪谷间最美的生态。

一年四季春天过得最快。好像"二月二，馋老婆掉眼泪儿"的话音刚落，好像土地开化后缕缕地气蒸腾不久，好像刚刚脱掉棉衣棉裤，好像柳枝做的笛子已经吹不出兴趣，好像雏燕在窝里唧唧叫，那些时候我才有了夏天来临的感觉。

柳河溪谷的盛夏是哪种感觉呢？在我眼里，盛夏是从夜晚有萤火虫在街心飞舞时开始的，是纳凉时那些只闻其声不见其形的蚂蚱唰唰地从东山飞向西山时开始的。坐在街心老槐树下纳凉，叔叔伯伯偶尔会讲一段"薛仁贵征东"或"杨家将"，他们的故事虽然有趣儿却常常没有下文，这事儿让我十分恼火。

父亲下地干活儿回家脱下汗衫，脊梁上满是黄豆粒儿大小的汗珠时我感觉真正的夏天到了。虽是这么说，我却从来没有产生热得喘不上气的感觉。"纳凉不用扇儿"那种感受只在林间溪谷有，也就是说，即使三伏天柳河溪谷的深山密林里也很凉爽。

柳河溪谷里的人认为我这种人"不利夏"——每年夏天我都会瘦一圈儿——运动量大，又没有好饮食，不瘦才怪！这时候我和小伙伴儿们总在人家的门楼里玩"下连""下五虎"和"欻把儿"的游戏，竞争和比赛容易消磨时光，一坐就是小半天儿。

躺在草地上看"云彩过"常常让人产生幻想。天上的云彩不时变换形状，它们一会儿像白生生的棉花，一会儿像堆在路旁的废铁滓。看着，想着，上下眼皮开始亲近，不知不觉便睡去了。直到日落西山，田野间微风拂面时才苏醒过来，清醒那一刻懊恼耽误了要做的事。那时候我会来一个鲤鱼打挺，忙着去割草砍柴。

第五辑 柳河圈时光

179

哦，七月里的早晨，蛰伏在草地里的蚂蚱在我走近时瞬间跳起来，像热锅炒豆子似的，有的都能跳到我的头上去。我左手攥着玻璃瓶子，右手张着手掌猫腰抓捕它们。有抓就有逃匿，较量的事儿最有成就感。最好抓的是那种褐色的母蚂蚱，它们个头儿大，胖墩墩的，一抓一个准儿。常常趴在它们后背上的公蚂蚱体形要比母蚂蚱小很多，它们非常灵敏，用手去捂的那一刻会立即跳远，没有两三次根本捉不住。挑战，反倒有刺激欲望。它们蹦，它们飞，任它们再怎么狡猾也难逃我的手掌。

柳河溪谷的蚂蚱有十几个品种，绿色和褐色居多。除个头儿大小有别外，方头和尖头是区分它们的重要标志。我们管方头的叫蚂蚱，管尖头的叫“老扁儿”，种类多得说不清。那种我们乘凉时从村庄上空飞过的蚂蚱我一次也没抓到过，不过我判断它们是白日里我叫“大青”的那种，它们的个头儿和身长与成年人的中指差不多，长在脑袋最前的眼睛鼓鼓的，翅膀内层的颜色猩红。它们有强有力的大腿，能蹦一米多。傍晚时分我常常见它们在空中像小鸟儿一样飞翔，“唰唰唰”，一只又一只。

柳河溪谷每一条山沟都有溪水。进入葫芦峪沟门口，不远处长着几棵高大的古杏树。麦收时节杏子成熟，红黄色的果实分布树冠，像钉在绿色饰物上的金色纽扣。雨中枝丫常常被风压低，近熟的杏子落在雨中柔软的地面上，天放晴时捡到的最好吃。

盛夏时节的杏叶儿已经不再娇嫩，花事已成旧梦，不过，几天几夜连阴雨的潮湿环境会催生树胶，树胶是杏树的分泌物，软糖似的晶莹剔透。雨热同期的日子树上会长天牛，黑背白点儿那种居多，它们的触角比身体还长，好像是用来探路的。捕捉它们不难，只是被抓时它们会分泌一股难闻的味道。在杏树下觅食的马蜂嗡嗡叫着，它们是一群“人若犯我，我必犯人”的家伙，被招惹时定会还击。我讨厌它们的强势，只要见到蜂窝一定要捅。从附近砍来一根蒙古栎枝条，绑上柴草点火燎它们，被激怒时它们会立马攻击。有一回我被它们蜇了，满脸红肿了好几天。

“东虹日头西虹雨”——出现这种天象时柳河溪谷里的人都会这样说。雨已经下得够久，人们企盼晴天，这时候只要东边的天空出现了彩虹，用不了多久就会出太阳；而西山上的天空如果出现彩虹，根本不会开晴，雨还会接着下。

暴雨中电闪雷鸣时可不敢靠近大树！父亲说，前几年村里发生过雷电击死人的事。据说那个人在雷雨天里赶路，遇到暴雨时躲到大树下的一刻，“哐”的一声响，那是雷电击中了他。他的身体歪在树下被过路人发现，赶紧通知他的家人。儿子把他背回家查看身体时,发现他的头上和脚心都有烧焦的口子。

柳河溪谷距离渤海不远，老年人说早年间下连雨时曾经“下鱼”，跟高空抛物似的，“哗啦啦”地庭院或道路上猛地落下一群鱼虾。我年轻时和邻居赵春笑要好，常去他家闲聊。有一回我看见他家墙角儿有一堆贝壳，询问时他奶奶告诉我，那是她年轻时有一次下大雨从天上落下来的——按说一个八十多岁的老太太不会撒谎，有啥必要呢？

连雨天山里会暴发泥石流，柳河溪谷人叫“打水炮”。瓢泼大雨中猛地听见轰隆隆的一阵闷响，有经验的人坐在屋里就知道是怎么回事儿，说是“打水炮”了！披上蓑衣进山查看果真是。油松、蒙古栎和山草与泥浆混合在山沟里翻滚。失去植被的山坡露出土石，与周边的绿色形成巨大反差。这样的地方山里人也不去修复,让它自我更新,过好多年都恢复不到原有的生态状况。

苇子峪水库曾经发生一次溃堤事件。堤坝虽然没有彻底毁掉，却发生了严重泄洪，几里远的河川汪洋一片。下游村里有不少年轻人跑到河岸上看洪峰过境，一次又一次地汹涌澎湃。我村河岸上的杨柳和高粱地泡在洪流里，狂风暴雨把它们折腾得枝叶低垂，好些柳树叶子露出了背面的白色。

还好我村损失不大。一个接一个的洪峰过后，川地里的高粱地水位慢慢下降，根部的“龙爪”（高粱露在地表的根须）露出来的一刻，站在高处的人突然大喊：快看，高粱地里有鱼！话音刚落，胆子大的人就开始蹚水过去捉鱼。你喊抓到了一条鲤鱼，他喊抓到了一条鲢鱼。跑进高粱地的人越来越多，泥浆里面鱼乱窜人乱跑。折腾一段时间安静下来，人人都有收获。那天我抓了两条鲤鱼，家里因此改善了一次伙食。

柳河溪谷的秋天最有趣。站在柳河岸边瞧瞧，一个月前泡在洪水里的柳树已经有半个土墩消失了，褐红色的根须暴露，由粗到细直到末梢儿都已经被洪水塑形。洪水中一个时段里它们表现的是蛇摆尾的模样，如今已经硬邦邦的。让人眼前一亮的是粗大树根上已经长出了十几株叶子浅黄色的小柳树儿，根根向上，与大树的树干平行——根须虽然已经死去，但是生命体传输营养的机制尚存。活力强大的树根上的胚芽被暖阳催生，新的生命诞生了。这无疑是生命的接力，即使不会长成大树，也有利于新的胚芽生长。

柳河距离我村最近的分支我们叫南河，河岸有一段儿两米高的土坎，我和邻家伙伴经常去那里割猪草。有一回我刚走近土坎，同行的百顺他就喊起来："你看，獾子！"那一刻我看到土狗一般大的野兽从湿地里窜上土坎，转眼就不见了。

"走！去看看。"我们拿着镰刀走过去果然发现一个獾洞。我俩一前一后往洞里窥视，用镰刀把儿捅几下，没有半点儿动静。

我们的目光转向浅水里的红蓼。翠绿的叶片有黑色条纹，嫩的茎叶是上好的猪饲料。我们不用费劲儿就能割一筐。

那时候我只知道红蓼是猪草。多年后才知道它们的学名叫红蓼——有一种糕点叫"蓼花"，吃过多少回却不知道名字怎么写。十年前我在西安街头买特产时遇到蓼花糖。那一刻我灵光乍现，看它们的形状酷似红蓼花穗，才感觉它们的名称一定与这种野草有关。之后求证，果然如我所料。"行万里路"对增加见识的作用，从这种甜点上又得到了印证。

柳河岸边多有湿地。从西夹河湿地边沿往深处走几步，在陷脚的地方停下，莎草间的蚂蚱和青蛙跳跃的猛烈程度惊人。脚底下多有蛐蛐儿，它们紧贴地面探头探脑，稍稍安静就吱吱鸣叫。我随手抓了一只，还没等拿稳它竟极力挣脱，宁可掉一条大腿也要逃走。追求自由的天性每一个生灵都有，而我们人类尤甚。有一种绿色蚂蚱脾气很大，被捉又逃不脱时嘴里会不停地吐酱油色的唾液，不松手就吐个没完。折腾一阵，我动了恻隐之心把它放走，那一刻它会猛地一蹦，跳入草丛里隐蔽起来。

吊子顶满山长满油松，深秋去山里砍柴总会惊动山鸡，那一刻它们会扑啦啦飞走。这种鸟儿春天在草棵间孵蛋，成鸡跟鹌鹑一般大小，二三十只在山里集体觅食。它们不擅长飞翔，跟山鹰和乌鸦无法比。走在波浪起伏的帘柴（黄麦草，是打草帘子的好材料）中，闻着蘑菇和干草混杂的气味，透过松树的枝丫瞭望柳河溪谷，夕阳西下的两岸平畴中河水泛着红晕，会产生高瞻远瞩的豪迈感。

那时候我进山多半是为了拾柴，割帘柴，捡松塔。柳河溪谷人管松塔叫"松饽饽儿"，这名字估计是先人根据它们的形状叫的——窝头儿本地人叫饽饽儿，二者形状相似。吊子顶下的山坡上油松密集，松饽饽儿经年后落在树下，捡回家里烧水做饭，是上好的燃料。

冬日里的柳河溪谷冷清萧疏，常绿的油松和落叶的蒙古栎是一组绝佳组合，黄绿相间，搭配相宜。除非死亡，油松靠持续落叶成就它们常绿的品性，蒙古栎虽说会落叶，却整整一个冬天都枯叶满枝。常绿树的叶子持续不停地死亡，落叶树枯叶哗哗作响却没有丁点儿生机。

天空突然飘起鹅毛大雪，南望高高的碣石山，北望挺拔的兔耳山，整个柳河溪谷银装素裹。这时候那些保留着打猎习惯的人一准儿都在预备套子。赵青庵村的杨山是打猎高手儿，他的诀窍是"打跑儿"。白雪覆盖的山场容易发现狼、野兔的踪迹，跟着它们的脚印走进深山，站立的地方静得能听见树叶飘落。树洞和土洞里或许藏着动物。荆条和黄麦草在雪地上露出上半截儿，那里多有动物足迹。山风卷雪，箍在楸树和油松的树墩部位，阳光映照下明暗参差。

被跟踪动物的足迹在林间突然消失了，猎人会分析它们的藏身之地。一旦走到这种地方，杨山会用自己的一套办法让动物暴露，扔一块石头或呼喊一声，躲藏的野物猛地受到惊吓，再趁它们逃跑时捕杀，他屡屡得手。

我家南邻赵叔擅长下套，他了解山狸子的生活习性，熟悉它们觅食的路径，在它们经常经过的地方设下钢丝套，每次都有收获。

俗话说，山有多高水有多深。柳河溪谷的山溪春夏汩汩有声，冬日里所有溪水都会冻结。我在野鸡店的山里见过一处山溪，夜间的奇寒一次次把它们冻成羊胡子形状，跟丽江的白水台一样布满山坡，那波纹如同被雕刻过的汉白玉一般。

三九天的柳河溪谷常常天色阴沉，抬头看看天空，鹅毛大雪翩然而至，满眼白茫茫的。下雪天狼因缺少食物会在夜里进村偷猪偷鸡。它们大多后半夜进村，趴着猪圈的墙头偷窥一阵，在感觉没危险时跳进猪圈。狼偷猪有奇特的本事，它们咬住猪的耳朵，用尾巴拍打猪屁股，被驱赶的猪会不声不响地随它们离开猪圈。

为了家里养的猪不被叼走，大多数农家会围着猪圈的墙头拉一圈儿铁丝，再去柴火垛抽几根高粱秸折成六边形的套环挂在铁丝上。夜间狼来村里偷猪时，远远看见那些晃动的秫秸套环会躲开。也有不设防的人家猪被叼走，天亮时经过猪圈时发现猪没了喊一阵子，左邻右舍就知道是狼来过。听见女主人的哭声邻居会过来说几句安慰的话。我们村北有一户赵姓人家养了三个月的猪被狼叼走。丈夫跑进山里寻找，当他提着血糊糊的半扇猪回来时，妻子看后再次抽泣——农家养一头猪不容易，她怎能不伤心呢。

当然这是多年前的事了，狼在柳河溪谷已经绝迹，旁的野生动物也多年不见，国家颁布野生动物保护法，山里再也没了打猎的事情。